임영기 新무협 판타지 소설
FANTASTIC ORIENTAL HEROES

대사부 14
임영기 新무협 판타지 소설

초판 1쇄 찍은 날 § 2010년 12월 1일
초판 1쇄 펴낸 날 § 2010년 12월 8일

지은이 § 임영기
펴낸이 § 서경석

편집팀장 § 서지현
편집 § 주소영 · 어정원

펴낸곳 § 도서출판 청어람
등록번호 § 제1081-1-89호
등록일자 § 1999. 5. 31
어람번호 § 제2-2015호

주소 § 경기도 부천시 원미구 심곡2동 163-2 서경B/D 3F (우) 420-822
전화 § 032-656-4452 팩스 § 032-656-4453
http://www.chungeoram.com
E-mail § chungeoram@chungeoram.com

ⓒ 임영기, 2009

ISBN 978-89-251-2376-9 04810
ISBN 978-89-251-2031-7 (세트)

※ 파본은 구입하신 서점에서 교환하여 드립니다.
※ 저자와 협의하여 인지를 붙이지 않습니다.
※ 이 책은 도서출판 청어람과 저작자의 계약에 의해 출판된 것이므로,
무단 전재 및 유포 · 공유를 금합니다.

대사부
大邪夫

FANTASTIC ORIENTAL HEROES
임영기 新무협 판타지 소설

14
대공격(大攻擊)

目次

제148장	하늘 위의 하늘[天上天]	7
제149장	이반의 몰락	35
제150장	울전대는 무적이었다	63
제151장	더 깊은 수렁으로	91
제152장	사경에 처하다	119
제153장	절망, 그 깊은 밑바닥	145
제154장	난도질을 당하다	171
제155장	성루에 효시(梟示)되다	197
제156장	철뇌옥(鐵牢獄)	227
제157장	자아상실(自我喪失)	253
제158장	신(神)은 없다	277

第百四十八章

하늘 위의 하늘 [天上天]

대사부

자정.

자금성 태화전(太和殿).

용상에 깊숙이 파묻히듯이 앉아 있는 이반은 몹시 굳은 얼굴이다.

어제 있었던 패가수의 배신과 다섯째 부인 다나의 행동이 하루가 지났는데도 종내 머리에서 떠나지 않고 그를 괴롭히고 있다.

그중에서도 더욱 어이없는 일은, 만약 그가 모르고 있었다면 패가수와 다나 단둘이 아무도 모르는 깊은 곳에 은거하여

오순도순 살았을 것이라는 사실이다.

그런데도 이반은 그것도 모른 채 다나가 천검신문 태문주에게 잡혀 있을 것이라고만 생각하여 계속 걱정하고 있었을 것이 아닌가.

그런 점에서 보면 남궁산의 역할이 컸다. 그가 아니었으면 이반은 가만히 앉아 있다가 뒤통수를 맞을 뻔했다. 충격이란 모르고 당하는 것이 더 큰 법이다.

얼마 전에 이반은 남궁산을 은밀하게 불러서 패가수를 감시하라고 시킨 적이 있었다.

패가수와 친형제 이상으로 친밀한 남궁산이 이반의 말을 들을 것이라고는 기대하지 않았었는데 이번에 큰 공을 세운 것이다.

남궁산은 패가수가 은거를 한다고 결정하니까 그를 배신한 것이 분명하다.

이반의 눈이 정확했다. 그는 남궁산이 표리부동한 놈일 것이라고 예상하고 밑져야 본전이라는 생각으로 그를 찔러봤던 것이다.

어쨌든 다행한 일이다. 다나가 오부인이지만 이반은 그녀를 첫 번째 부인 이상으로 여기고 있었다. 그녀를 진심으로 사랑하기 때문이다.

이제 문젯거리는 없다. 대명국의 천검신문은 쥐 죽은 듯이 조용하기 때문에 당분간 전쟁 치를 일은 생기지 않을 것이다.

그리고 칠군대도독 상가루가 곧 쫓겨 나갈 놈들과 작당을 해서 반역을 일으키겠다고 껄떡거리고 있는 것도 그다지 염려할 일이 아니다.

칠군도독 일곱 명 중에서 세 명을 매수했고 나머지 놈들은 결단을 내리지 못하고 있지만 상가루 편을 들어서 이반의 적이 될 배짱은 없는 것이 확실하다.

그놈들은 세 명이 빠져나간 사실을 알고 있기 때문에 정신이 제대로 박힌 놈들이라면 불확실한 반란에 몸을 내맡기는 어리석은 짓은 하지 않을 것이다.

이제 내일 아침이면 부친 율가특 아래에서 굽실거리던 놈들을 모조리 쫓아내고 그 자리를 이반 자신의 사람들로 채워지게 될 것이다.

하룻밤만 지나면 된다. 그러면 진정한 울제국의 황제가 되는 것이다.

이후에는 어떻게 해서든지 항세검을 찾아내서 울전대를 앞세워 눈엣가시 같은 대명국을 총공격하리라.

그런 생각을 하자 이반은 비로소 불쾌했던 마음이 조금쯤 가시고 입가에 흐뭇한 미소가 피어올랐다.

"부르셨습니까?"

그때 이반이 앉아 있는 용상 앞쪽 단하에서 누군가의 공손한 목소리가 들렸다.

언제 나타났는지 피처럼 붉은 혈포를 입었으며 양어깨에는 두 자루 검을 교차해서 멘 한 명이 부복한 채 이마를 바닥에 묻고 있다.

"늙은 너구리는 뭘 하고 있더냐?"

이반은 눈을 반쯤 감은 채 느긋하게 물었다. 그는 상가루를 늙은 너구리라고 부른다.

혈포인은 꼼짝하지 않은 자세로 대답했다.

"집 안에서 늘 모이던 자들과 함께 술을 마시고 있습니다."

"술을?"

"네."

이반은 너털웃음을 터뜨렸다.

"술을 마시고 있더란 말이지?"

"그렇습니다."

확인하려고 재차 물은 것이 아니라 기분이 좋아서 혼잣말처럼 말한 것이다.

칠군대도독 상가루가 반역을 모의하던 일당들과 술을 마시고 있다면 반역을 포기했다는 뜻이다.

그게 아니라면 내일이면 초야로 물러나게 될 이 마지막 밤에 술이나 마시고 있겠는가.

이반은 그들이 반역을 모의하고 있다는 사실을 이미 오래 전부터 알고 있었다.

그래서 신삼별조의 수라쾌별에게 상가루를 비롯한 그의 일당을 한 명도 빼놓지 않고 감시하도록 명령하여 그들 전체의 일거수일투족을 훤히 알고 있다.

지금 이반에게 보고하고 있는 혈포인은 수라쾌별의 우두머리인 수라일쾌, 즉 수라십별장이다.

이반의 얼굴에는 비웃음이 가득 떠올랐다.

"적확히 보름 후에 놈들을 깡그리 잡아들여라."

이반은 내일 정오에 정식으로 개각을 단행할 예정이다. 새로 이반의 측근이 되는 인물들이 자리를 잡는 데 보름쯤 걸릴 것으로 잡고, 그 직후에 상가루와 그 패거리들을 깡그리 잡아들여서 반역죄를 물을 계획이다.

"존명."

수라십별장은 공손히 대답하고는 물러가기 위해서 몸을 일으켰다.

그때 문득 이반이 대전 입구 쪽을 심드렁한 얼굴로 보면서 가볍게 인상을 썼다.

"무슨 일이냐?"

대전 바깥쪽에서 무슨 흐릿한 파공성 같은 것이 들려왔기 때문이다.

휘익!

그때 대전 입구 안으로 한 명의 은의인이 바람처럼 빠르게 쏘아 들어왔다.

은의인은 무한겁별주인데 그는 서 있는 수라십별장 옆에서 이반을 향해 부복하는 것과 동시에 아뢰었다.

"주군, 군사들이 성의 전문과 후문을 통해서 쏟아져 들어오고 있습니다."

순간 이반의 눈썹이 확 꺾였다.

"군사가?"

그의 뇌리를 스치는 제일감이 있었다. 반란을 일으켰을 것이라는 사실이다.

"음! 상가루 이놈이 끝내……."

그는 벌떡 일어서며 낮게 호통을 쳤다.

"이놈들을 모조리 죽여 버리겠다!"

단하로 성큼 내려서면서 빠른 어조로 말했다.

"그런데 어디 군사냐?"

"중군입니다."

무한겁별주의 대답에 이반의 뺨이 슬쩍 찌푸려졌다.

"중군이라고?"

그는 상가루 편에 있던 칠군도독 중 세 명을 완전히 매수했으며, 그중에 중군도독이 포함되었다.

그런데 중군이 자금성에 쳐들어오다니, 도대체 어찌 된 일인지 언뜻 감이 잡히지 않았다.
"이놈들이 배신을……."
그렇게 생각할 수밖에 없다. 지금 상황을 보면 중군도독이, 아니, 매수해 놓았던 세 명의 도독이 다시 상가루 편에 붙었다고 봐야 한다.
하지만 그렇다고 해도 별 상관이 없다. 그래 봐야 군사들일 뿐이다.
자금성에는 신삼별조와 금의위, 황궁시위대가 있으며 북경성에서 멀지 않은 곳에는 사십만의 울고수들이 있으니 그들을 불러들이면 중군이든 뭐든 해치우는 것은 문제가 되지 않을 터이다.
다만 이런 상황에 천검신문이 변수로 등장할까 봐 그것이 조금 염려가 되기는 하다.
하지만 놈들이 귀신이 아닌 이상 상가루가 반란을 일으킬 것이라는 사실까지 알고 있지는 않을 것이다.
이반은 대전 입구로 성큼성큼 걸어가면서 쩌렁쩌렁한 목소리로 명령했다.
"금의위와 황궁시위대, 그리고 수라쾌별과 지옥잔별이 중군을 토벌하고, 무한겁별은 나를 호위하라!"
현재 자금성에는 호위를 할 만한 대상, 즉 황족들이 없는 상황이다.

율가륵과 이반의 부인들, 그리고 자식들이 모조리 천검신문 태문주에게 납치되었기 때문에 호위할 사람은 이반 한 명뿐인 것이다.

오부인 다나는 연금 상태에 있지만 무한겁들이 호위를 하고 있기 때문에 문제될 것은 없다.

그러자 무한겁별주의 목소리가 걸어나가는 이반의 발길을 붙잡았다.

"금의위와 황궁시위대도 반란군에 가담했습니다."

"뭐야?"

"지금 그들은 이곳을 공격하기 위해서 몰려오고 있는 중입니다."

우뚝 멈춘 이반의 얼굴이 보기 싫게 일그러졌다. 그의 마음이 초조해지기 시작했다.

현재 중군 이십만과 금의위, 황궁시위대가 자금성을 공격하고 있는 중이다.

그리고 그것을 막는 것은 신삼별조 삼천 명뿐이다. 울고수들을 불러들일 시간이 부족하다.

멀리 있는 물로는 가까운 곳의 불을 끄지 못한다는 옛말이 틀리지 않는 상황이다.

이반은 당장 어떻게 해야 할지 대책을 세우지 못했다. 매수했다고 믿었던 세 명의 도독과 금의위, 황궁시위대마저 배신을 했다니 갑자기 눈앞이 캄캄해졌다.

그는 자신이 천하에서 최고의 권력을 쥐고 있다고 여겼는데 이제 보니까 초라하기 짝이 없는 한 명의 범부(凡夫)라는 사실을 깨닫고 비참한 심정을 금치 못했다.

하지만 비참함에 빠져 있을 여유가 없다. 지금 이 순간에도 배신자들이 그를 죽이려고 달려오고 있지 않은가.

당장 적절한 조치를 취하지 못한다면 죽어서도 눈을 감지 못할 것이다.

그러나 적절한 조치라는 것이 있을 리 없다. 지금 상황은 마치 바닥이 보이지 않을 만큼 깊은 절곡으로 추락하고 있는 것이나 같다.

지금으로선 무슨 수를 써서라도 추락하는 것을 막아야만 한다. 바닥에 떨어지면 죽음뿐이다. 그것은 곧 이반의 종말을 의미한다.

차차차창!

"으악!"

"와악!"

그때 대전 밖에서 요란하게 무기 부딪치는 소리와 어지러운 비명성이 뒤섞여서 터졌다. 반란군이 대전 밖에까지 이르렀다는 뜻이다.

그와 동시에 이반의 입에서 급한 명령이 터져 나왔다.

"신삼별조는 이곳 태화전을 방어하라!"
이어서 무한겁별주에게 명령했다.
"너는 무슨 수를 써서라도 울고수들을 불러들여라!"
"존명!"
울고수들만 오면 반란은 쉽사리 진압될 것이라는 게 이반의 생각이었다.

그러나 이반은 가만히 있지 못했다. 바깥에서 무슨 일이 벌어지는지 궁금해서 대전 입구로 쏘아갔다. 직접 눈으로 봐야지만 어떤 결정을 내릴 수 있을 것이다.

그러나 그는 대전 밖으로는 나가지 못했다. 나가려고 해도 나갈 곳이 없었기 때문이다.

대전 바깥은 십 장 너비의 긴 돌계단이 아래로 뻗어 있고 그 아래는 드넓은 광장이다.

그런데 지금 그의 시야가 닿는 모든 곳에서 반란군이 새카맣게 몰려오고 있었다.

가장 가까이 몰려와 있는 것은 황제를 지켜야 할 금의위와 황궁시위대였다. 그리고 그들을 막고 있는 것은 수라쾌별과 지옥잔별이다.

이반의 명령이 떨어지기도 전에 수라쾌별과 지옥잔별은 이미 적들을 막고 있었다.

"이놈들……."

눈앞의 광경을 쏘아보는 이반의 악다문 이빨 사이로 분노의 신음이 새어나왔다.

그는 오랫동안 잊고 있었던 '진정한 살심'이 솟구치는 것을 느꼈다. 하지만 지금은 그가 첫 번째로 '진정한 살심'을 느꼈을 때보다는 덜하다.

천검신문 태문주를 처음 만났을 때, 이반은 신삼별조를 총동원해서 그를 죽이려고 했었다.

그리고 계획은 순조롭게 진행되어 마침내 그를 거의 죽일 수 있는 단계까지 몰고 갔었다.

그런데 그가 어디선가 느닷없이 나타나더니 빛처럼 쏘아와 발로 이반의 얼굴을 거세게 걷어차고 홀연히 사라져 버렸던 것이다.

단 한 대 걷어 채였을 뿐인데, 이반은 죽어서도 잊을 수 없는 깊은 상처를 입었다.

그의 얼굴이 완전히 짓뭉개져서 도저히 사람의 얼굴이라고는 볼 수 없을 정도가 돼버렸던 것이다.

하지만 지금 현재 그의 얼굴은 본래의 모습을 되찾았다. 원래 그가 연공했던 천마무량극을 극성까지 익혀서 생사현관의 소통과 탈태환골, 벌모세수를 이루어 단숨에 반로환동의 경지에 이른 덕분이다.

현재 그의 외모는 기개세에게 당했을 때보다 더 준수한 상태가 되었다.

이반은 재빨리 눈동자를 굴려서 상황을 살펴보았다.

자금성으로 쳐들어왔다는 중군 이십만이 이곳으로 다 쏟아져 들어온 듯했다.

하긴, 울전대는 허수아비 상태고, 금의위와 황궁시위대는 배신을 했으니 자금성 내는 무인지경이었을 것이다.

드넓은 광장을 새카맣게 뒤덮은 것은 물론이고, 태화전 근처 모든 전각의 지붕과 담 위까지도 군사들이 빼곡하게 올라가서 활을 겨누고 있었다.

그런데 태화전 대전 입구 앞에 광장으로 길게 뻗은 돌계단으로 한줄기 무리가 밀고 올라오는 중이다.

그들은 금의위와 황궁시위대였다. 그리고 그들을 막고 있는 것은 지옥잔별이다.

수라쾌별은 돌계단 양쪽으로 여러 겹의 벽을 형성한 상태에서 울군사들의 접근을 막고 있었다.

수라쾌별 천 명으로 태화전 왼쪽 끝에서 오른쪽 끝까지 세 겹으로 벽을 쌓을 수 있다.

그런데도 이십만의 울군사가 천 명의 수라쾌별을 쉽사리 뚫지 못하고 있었다.

십여 장 폭의 돌계단으로 밀고 올라오려는 금의위와 황궁시위대도 지옥잔별을 뚫지 못하기는 마찬가지다.

무림의 일류고수 중에서도 상급에 속하는 금의위와 황궁시위대지만, 팔천 명으로도 천 명의 지옥잔별을 뚫지 못한 채 치열한 격전을 벌이고 있다.

그러나 이반은 상황이 좋지 않음을 예감했다. 수라쾌별도, 지금 상황을 보건대 지옥잔별도 그다지 오랫동안 버티지는 못할 것이라는 생각이다. 현재도 그들은 뒤로 조금씩 밀리고 있었다.

신삼별조의 최강인 무한겁별을 투입하면 상황이 역전될 수도 있으나 그러고 싶지는 않았다.

만약의 경우를 대비하여 무한겁별은 이반 자신을 호위해야만 하는 것이다.

가장 간단하면서도 쉬운 방법은 이반이 자금성에서 탈출하는 것이다.

그러나 그것은 최악의 상황에 취할 행동이다. 이반이 스스로 패배를 인정하는 행동이기 때문이다.

자금성을 버린다는 것은 울제국 황제의 지위를 포기하는 것이나 마찬가지다.

절대 그렇게는 할 수 없다. 꿈에서조차 원하던 황제가 됐는데 이제 와서 제 발로 스스로 물러날 수는 없다.

'조금만 버티면 된다, 조금만……'

이반은 조금 전보다 돌계단을 조금 더 밀고 올라온 금의위와 황궁시위대를 보면서 속으로 중얼거렸다.

무한겁별주가 무슨 수를 써서라도 울고수들에게 연락을 취할 테니, 그들이 올 때까지만 버티면 되는 것이다.

"……!"

그때 무엇을 발견했는지 이반의 눈이 조금 커졌다. 그의 시선은 전면 허공 저 멀리에 고정되었다.

새하얀 백의를 입은 사람들이다. 그것도 한둘이 아니라 수백 명이 허공을 훨훨 날아오고 있었다.

이반은 지상에만 신경을 쓰고 있느라 백의를 입은 사람들이 허공에서 날아오는 것을 뒤늦게 발견했다. 아니었으면 더 일찍 발견했을 것이다.

놀란 얼굴로 눈을 한 번 깜빡이는 사이에 백의를 입은 수백 명은 더욱 가까이 다가왔다.

놀라운 속도다. 경공만으로 논한다면 무한겁별보다 훨씬 고강한 자들이 분명하다.

'저자들은 뭔가?'

불길함이 뭉클뭉클 피어오르는 중에 이반은 백의인들이 적일 것이라는 생각이 들었다.

현재 상황이 나쁜 쪽으로만 돌아가고 있기 때문에 좋은 일이 일어날 리가 없다는 생각에서다.

그는 놀라면서도 뒤숭숭한 마음으로 백의인들을 재빨리

훑어보았다.

'저놈!'

다음 순간 이반의 두 눈이 휘둥그렇게 떠지고 만면에 더할 수 없는 경악지색이 떠올랐다.

'태문주!'

백의인들의 한복판 선두에서 흰 옷자락을 날리면서 마치 한 마리 백룡처럼 고고하게 쏘아오고 있는 인물은 죽어서도 잊지 못할 천검신문 태문주가 분명했다.

'저놈이 어떻게 여길……?!'

이반은 심장이 목구멍 밖으로 튀어나올 정도로 놀랐다.

도저히 있을 수 없는, 그리고 일어나서는 안 되는 일이 벌어지고 있는 것이다.

화는 홀로 오지 않고 복은 쌍으로 오는 법이 없다고 하는 옛말이 틀리지 않았다.

오늘 밤 이반에게는 악운이 연이어서 벌어지고 있다. 그중에서도 천검신문 태문주의 출현은 최악의 상황이다. 차라리 악몽이다.

이반이 놀라고 있는 사이에 천검신문 태문주와 그가 이끄는 백의인 수백 명은 어느새 삼십여 장 전면까지 쇄도하고 있는 중이었다.

그들이 새카만 야공을 쫙 펼쳐서 날아오고 있는 광경은 마치 파도가 밀려오면서 휜 포말이 이는 듯했다. 그야말로 장관이다.

'이런…….'

이반은 자신이 넋을 놓고 있다는 사실을 깨닫고 정신을 번쩍 차렸다.

지금은 놀라고 있을 때가 아니다. 지금이야말로 도망칠 것인지 끝까지 버틸 것인지 결정을 내려야 할 때다.

그리고 그는 생각할 것도 없다는 듯이 즉시 결정을 내렸다. 절대로 도망가지 않는다.

죽어도 이곳에서 싸우다가 죽을 것이다. 여기가 삶의 터전이요, 곧 무덤이다.

그러나 그는 자신이 죽는 일은 일어나지 않을 것이라고 생각했다.

태문주와 백의인들이 아무리 강하다고 해도 무한겁별이 호위한다면 호락호락 당하지는 않을 것이라는 믿음이 있기 때문이다.

'저 자식을!'

그때 문득 이반은 잊고 있었던 태문주에 대한 원한이 가슴속에서 훨훨 되살아났다.

천검신문 태문주를 반드시 죽여야지만 진정한 대륙의 주인이라는 생각보다는, 예전에 그에게 당한 원한이 더욱 골수에 사무쳤다.

'너 오늘 잘 만났다!'

그는 속으로 중얼거리면서 태문주와 일대일로 싸워봐야겠다고 생각했다.

무한겁별이 자신을 호위한 상태에서 백의인들과 싸우고 있는 사이에 태문주와 일대일로 싸울 수 있는 기회를 만들어야겠다고 궁리했다.

그러기 위해서는 태문주를 태화전 안쪽으로 끌어들이는 것이 유리하다.

스으으.

생각을 마친 이반은 시선을 태문주에게서 떼지 않은 상태에서, 그리고 두 발을 굽히지 않은 자세로 대전 안을 향해 미끄러지듯 후퇴하면서 명령했다.

"무한겁별은 나를 호위해라."

쇄아아.

다음 순간 사방에 흐릿한 은빛들이 무수히 번뜩이는 것 같더니 어느새 천 명의 무한겁별들이 이반을 호위하는 형태로 사방에 나타났다.

콰드드등!

그와 동시에 천검신문 태문주와 수백 명의 백의인들, 즉 천검오십전단이 대전 안으로 들이닥쳤다.

그들은 대전 입구 양쪽의 벽을 한순간에 박살 내면서 한꺼번에 쏟아져 들어왔다.

대전 입구를 제외한 양쪽 벽의 길이는 삼십여 장이나 되는데 그것이 한순간에 산산조각 나고 말았다.

이반은 물론 무한겁별도 그런 상황은 전혀 예상하지 않고 있다가 적잖이 당황했다.

더구나 천검오십전단이 들이닥치는 것과 동시에 공격을 퍼붓자 제일선의 무한겁 삼십여 명이 한꺼번에 피를 뿌리면서 나뒹굴었다.

전혀 예상하지 않았던 그 광경에 이반은 흠칫 놀라고 말았다. 백의인들이 고강할 것이라고는 예상하고 있었으나 단 한 차례의 충돌로 무한겁 삼십여 명을 거꾸러뜨릴 정도일 줄은 몰랐다.

아니, 그것은 충돌이라기보다는 천검오십전단이 단지 대전 안으로 진입하는 과정일 뿐이었다.

이반은 순간적으로 뭔가 잘못되고 있다는 느낌을 받았지만 이미 돌이킬 수 없는 상황이 돼버렸다.

이제는 탈출하고 싶어도 그럴 수 없게 되었다. 더구나 생각할 여유조차 없다.

더구나 그는 아직도 천검신문 태문주와 일대일로 싸워보고 싶다는 생각을 떨쳐 버리지 못하고 있다. 원래 우매함의 끝은 없는 법이다.

하지만 무한겁별이 자신을 호위하는 사이에 천검신문 태문주를 끌어들여서 일대일로 싸우려고 했던 그의 계산은 이루어졌다.

다만 그가 끌어들인 것이 아니라 반대로 태문주가 무한겁별의 호위막을 너무도 간단하게 뚫고 들어왔다는 차이가 있을 뿐이다.

이반이 마음의 준비를 할 여유도 없이 태문주가 그를 향해 곧장 일직선으로 쏘아왔다.

아무런 기척도 없고, 마치 한 조각의 구름이 하늘을 나는 듯이 느렸으나 실상은 빛처럼 빨랐다.

그러나 태문주가 하늘이 내린 사람이듯이 이반 역시 결코 만만한 인물이 아니다.

그는 찰나지간에 평정심을 되찾는 것과 동시에 공력을 쌍장에 모았다.

천마무극을 더 이상 오르지 못할 정도로 완벽하게 연마한 상태인 그는 구태여 공력을 끌어올리고 자시고 할 필요가 없다.

언제, 어디서나 마음만 먹으면 공력을 발출하고 거둘 수 있는, 즉 의기어신의 경지에 이르렀기 때문이다.

'이 자식! 너 오늘 죽어봐라!'

이반은 살심을 크게 일으키면서 벼락같이 쌍장을 뻗으며 태문주 기개세를 향해 덮쳐 갔다.

큐우웅!

그의 쌍장에서 번쩍! 눈부시면서 새빨간 핏빛 혈광이 폭발하듯이 뿜어졌다. 혈광이 강하고 눈부실수록 더욱 강력한 위력을 발휘한다.

그가 가장 자신하는 천마무량공이다. 전력으로 발출하면 한 자 두께의 철문을 녹이거나 얼려서 박살 낼 정도의 가공할 위력이다.

즉, 극음지기와 극양지기를 자유자재로 사용한다는 뜻이다.

의기어신으로 공격하는 것보다 직접 쌍장을 뻗어 공격하는 것이 위력 면에서 훨씬 강하다.

이반은 예전에 기개세에게 발길질에 채인 것은 순전히 자신이 방심을 했었고, 또 기개세가 비겁하게 급습을 했기 때문이라고 믿고 있었다.

또한 자신의 실력이 그때에 비해서 꽤 고강해진 터라서 기개세와 일대일로 붙으면 절대적으로 자신이 유리하다고 확신하고 있었다.

그러나 이반은 기개세가 예전의 실력으로 싸워도 너끈히 이긴다는 사실을 모르고 있다.

더구나 기개세는 그때에 비해서 삼 할 이상 더 고강해져 있는 상태다.

예로부터 무식하면 용감하다고 했다. 이반은 지금 원한과 분노 때문에 전후를 가리지 못하는 상태다.

상대가 천검신문 태문주라는 사실을 절실히 깨닫지 못하고, 또 자신의 실력을 과신하고 있다.

이반이 보기에 기개세는 반격을 할 생각도 하지 않고 그냥 똑바로 마주 쏘아오고만 있었다.

'미친놈.'

퍽!

이반이 속으로 한껏 비웃을 때 마치 몽둥이로 두툼한 솜이불을 두들긴 듯한 가볍고 둔탁한 소리가 났다. 하지만 그는 순간적으로 그게 무슨 소린지 알지 못했다.

"끅!"

그리고 다음 순간 그는 수만 근짜리 바위가 자신의 가슴에 거세게 충돌한 듯한 충격을 받고 폐가 찌그러지는 듯한 신음을 흘렸다.

그는 자신의 몸이 뒤로 쏜살같이 튕겨져서 날아가고 있으며, 입에서 피가 뿜어지고 있는 것을 깨달았다. 그러면서 지금의 상황이 추호도 이해되지 않았다.

기개세가 단지 의기어신으로 무형의 천신기혼을 발출했다는 사실을 이반으로서는 알 리가 없다.

'이런 말도 안 되는……'

그는 즉시 바닥에 내려서는 것과 동시에 전면을 향해 저돌적으로 쏘아가며 공력을 극한까지 끌어올렸다.
 그는 방금 전에 자신이 전력을 다하지 않았기 때문에 낭패를 당한 것이라고 생각했다.
 기개세는 조금 전까지 이반이 서 있던 곳에 우뚝 서서 뒷짐을 지고 있었다.
 '뒷짐이라니… 이 자식!'
 극심한 모욕을 느낀 이반은 화가 머리 꼭대기까지 치밀어서 눈을 부라리며 힘차게 쌍장을 뻗었다.
 "죽어라!"
 쿠오오—!
 첫 번째 공격보다 더욱 강력하고 눈부신 혈광이 번갯불처럼 뿜어졌다.
 장력이 아니라 강기다. 그것도 그냥 강기가 아닌 극신강(極神罡)이다.
 도검으로 전개할 수 있는 최강 무공이 극도강과 극검강이듯이, 쌍장으로 발출하는 무공 중에서 최고의 경지가 극신강인 것이다.
 이반은 기개세의 몸뚱이가 한 자 두께의 철판보다는 강하지 않을 것이라고 믿었다.
 그는 이번 공격으로 기개세가 죽지 않을 경우를 대비해서 두 번째에는 어떤 공격을 할 것인지도 생각해 두었다.

이글거리는 태양이 통째로 뿜어지는 것 같은 자신의 공격을 보면서 이반은 득의함을 감추지 못했다.
 그때 그는 우뚝 서서 뒷짐을 지고 있던 기개세가 왼손으로 전면을 향해 마치 먼지를 털어내듯이 가볍게 흔드는 것을 발견했다.
 하지만 눈으로는 아무것도 보이지 않았다. 아니, 느껴지는 것도 없었다.
 그래서 기개세가 정말로 손에 묻은 먼지를 털어낸 것이 아닌가 하는 착각마저 들었다.
 하지만 이반은 불길함이 온몸으로 엄습하는 것을 느꼈다. 천검신문 태문주 정도 되는 인물이 이런 상황에서 먼지나 털고 있지는 않을 것이기 때문이다.
 꽝!
 그 순간 아주 짧으면서도 고막이 터져 버릴 것 같은 폭음이 터졌다.
 폭음이 터지는 순간에 이반은 묵직한 신음을 토해냈으나 폭음에 묻혀서 들리지 않았다.
 그는 뒤로 튕겨져서 쏜살같이 날아가다가 멈추기 위해서 바닥에 내려섰다.
 쿵쿵쿵쿵!
 그러나 반탄력이 너무 거세서 단단한 청석 바닥에 반 자 깊이의 발자국을 계속 찍으면서 삼 장이나 더 물러나서야 겨우 정지할 수 있었다.

물러나면서 그는 가슴이 으깨어지는 듯한 고통을 느꼈으며, 입에서는 내장 조각이 섞인 검붉고 진득한 핏덩이를 왈칵왈칵 마구 쏟아냈다.

그러나 그보다 더 견딜 수 없는 것이 있다. 기개세가 그 자리에 꼼짝도 하지 않은 채 여전히 우뚝 서 있으며, 또한 다시 뒷짐을 지고 있다는 사실이다. 게다가 너무도 느긋한 표정까지 짓고 있지 않은가.

그래도 명색이 울황제이고, 제 딴에는 방금 전까지만 해도 천하제일인이라고 자부했던 이반이다.

그런데 그런 이반을 상대함에 있어서 기개세는 마치 어른이 코흘리개 어린아이를 다루듯이 한껏 봐주고 있는 듯한 모습인 것이다.

"으… 이 개자식……!"

죽음보다 더한 모욕 때문에 이반은 현재 자신이 어떤 상황에 처했으며 또한 얼마나 중한 내상을 입었는지에 대해서 생각할 여유마저 없었다.

아니, 생각하기 싫었다. 지금은 오로지 저기 서서 미소를 짓고 있는 태문주를 갈가리 찢어 죽이고 싶다는 간절한 생각만 머릿속에 가득 차 있을 뿐이다.

우뚝 서 있는 기개세에게는 단 한 명의 무한겁도 다가가지 못하고 있었다.

아미와 독고비, 나운상이 삼면에서 그를 등진 채 몰려오는 무한겁들을 막고 있기 때문이다.

이반의 눈에는 오로지 기개세만 보였다. 백의인들이 무한겁들을 마구잡이로 도륙하고 있는 광경 따윈 눈에 들어오지도 않았다.

이윽고 그는 기개세에게서 시선을 떼지 않은 채 청석 바닥에 깊숙이 박힌 두 발을 뽑았다.

입에서 꾸역꾸역 쏟아져 나오는 시뻘건 핏덩이가 발 앞에 마구 떨어졌다.

"으으… 우라질……."

그는 자신이 이렇게 형편없이 당하고 있다는 사실에, 그리고 자신에게 기개세를 죽일 능력이 없다는 사실에 제 스스로 분을 이기지 못했다.

두 번이나 당하고 나서야 그는 지금은 냉정해야 할 때라는 사실을 깨달았다.

여태까지의 일은 잊는 것이 좋다. 기개세에 대한 묵은 원한도, 그에게 두 번씩이나 당한 치욕과 분노도 지금은 아무짝에도 쓸모가 없다. 그런 것은 싸움에서 치명적인 독으로 작용할 뿐이다.

하늘 위의 하늘[天上天]

'멍청한 놈!'

그런데 이제는 원한과 분노 때문에 길길이 날뛰어서 초반에 당하고 만 자신에 대해서 화가 치밀었다.

하지만 그런 무의미한 분노마저도 가라앉혀야 한다는 사실을 잘 알고 있다.

적에 대한 것이든, 자신에 대한 것이든 분노, 아니, 감정적인 것은 지금 같은 상황에선 절대 이롭지 못하다.

기개세는 여전히 제자리에서 움직이지 않은 채 뒷짐을 지고 느긋하게 이반을 주시하고 있다.

이반 같았으면 절대 저따위 여유를 부리지 않을 것이다. 적이 약세를 보이면 득달같이 달려들어 숨통을 끊어놔야 직성이 풀린다.

'이 자식, 네놈의 그런 느긋함을 곧 뼈저리게 후회하게 될 것이다.'

이반은 내심 이를 갈면서 공력을 끌어올렸다.

"……!"

그런데 공력이 잘 모이지 않았다. 그제야 그는 자신이 심각한 내상을 입었음을 깨달았다.

第百四十九章
이반의 몰락

대사부

'태문주!'

남궁산은 너무 놀라서 하마터면 입 밖으로 소리를 지를 뻔했다.

그는 태화전이 한눈에 내려다보이는 어느 누각 지붕에 납작하게 엎드려 있는 중이었다.

방금 전에 그는 태화전 앞 허공을 날아서 건너는 수백 명의 백의인들 중에서 선두에 천검신문 태문주가 있는 것을 똑똑히 목격했다.

그 직후에 태문주를 비롯한 백의인들이 태화전을 부수며

진입했고, 싸우는 소리가 터져 나왔다.

　남궁산은 바짝 긴장하면서도 몹시 흥분해서 마음을 진정시키지 못했다.

　'천추의 원수가 나타났다……!'

　그에게는 두 개의 목표가 있다. 천검신문 태문주를 죽이는 것과 남궁세가의 부활이다.

　그중에서도 천검신문 태문주를 죽여서 복수하는 것에 더 큰 비중을 두고 있었다.

　그것을 이룰 수만 있다면 어떤 대가를 치르더라도 개의치 않을 정도다.

　'이 자식! 잘 만났다!'

　남궁산은 엎드려 있던 지붕에서 벌떡 일어나서 태화전을 굽어보았다.

　반란의 무리들은 천상황 이반이 있는 태화전만 집중적으로 공격하고 있기 때문에 다른 곳에는 일체 신경을 쓰지 않고 있다.

　태화전을 굽어보는 남궁산의 입가에 잔인하면서도 득의한 한줄기 미소가 매달렸다.

　'흐흐흐… 태문주 이놈, 명년 오늘이 네놈의 제삿날이 될 것이다.'

　이어서 그는 몸을 돌려 무엇인가를 찾는 듯이 어둠에 잠겨 있는 자금성 내를 한차례 둘러보다가 한곳에 시선을 고정시켰다.

그가 알기로는 그의 시선이 멈춘 저 전각에 지상 최강의 전귀들이 웅크리고 있다.

휘익!

다음 순간 그는 헐렁한 왼팔 소매를 펄럭이면서 긴 포물선을 그으며 야공을 날아갔다.

남궁산은 어느 전각 앞에 멈춰 섰다.

삼 층에 둘레가 무려 삼백여 장에 이를 정도로 거대한 규모의 전각이다.

이곳이 무엇을 하는 곳이라는 표시도 없을뿐더러 현판도 붙어 있지 않았다.

또한 전체가 먹칠을 한 것처럼 시커먼 색이어서 지금 같은 한밤중에는 음산한 기운을 흩뿌리고 있을 뿐이었다.

자금성 내에 거주하는 사람들 중에서 이곳이 무엇을 하는 곳인지 알고 있는 사람은 극소수다. 단지 금지 구역으로 정해져 있다는 정도만 알고 있을 뿐이다.

이곳에 무단으로 접근하거나 들어가다가 발각되면 중벌을 면하지 못한다.

또한 운이 좋아서 몰래 들어간다고 해도 절대로 살아서 나올 수 없다. 전각 안에 있는 그 무엇에 의해서 죽임을 당하기 때문이다.

"후우……."

몹시 긴장한 남궁산은 잠시 어깨를 들먹이면서 크게 심호흡을 했다.

그긍.

이어서 성큼성큼 걸어가서 검은 전각, 즉 흑전(黑殿)의 육중한 문을 거침없이 열었다. 문 열리는 소리가 괴괴한 밤의 적막을 깨뜨렸다.

쿵!

그는 다시 문을 닫고 성큼성큼 안으로 걸어 들어갔다.

저벅저벅…….

그곳은 탁 트인 넓은 대전인데 사방 벽에 유등이 걸려 있어서 흐릿한 빛을 뿌리고 있을 뿐 사람의 모습은 한 명도 보이지 않았다.

이윽고 남궁산은 대전 한복판에 우뚝 멈춰 서서 눈도 깜빡이지 않고 천천히 주위를 둘러보았다. 그의 얼굴에는 긴장한 기색이 역력했다.

전면과 좌우에 복도가 곧게 뚫려 있고, 복도 옆에는 위로 계단이 뻗어 있었다.

그는 전면의 복도에 아무도 없다는 것을 확인하고는 천천히 왼쪽 복도를 쳐다보았다.

 겉으로는 태연한 체 하지만 내심 얼마나 긴장하고 있는지 온몸이 땀에 흠뻑 젖었으며 얼굴에서는 굵은 땀방울이 굴러 떨어졌다.

 사위는 쥐 죽은 듯이 고요해서 과연 이곳에 사람이 있을까 하는 의구심마저 들 정도다.

 남궁산은 이번에는 오른쪽 복도를 보려고 고개를 돌렸다.

 '헉!'

 그런데 오른쪽 복도를 보기도 전에 전면의 복도에서 그의 시선이 딱 멈추었다.

 방금 전에 봤을 때 전면의 복도는 텅 비어 있었는데 그곳에 어느새 한 사람이 우뚝 서 있었다.

 그것도 복도 안쪽이 아니라 입구다. 방금 전까지만 해도 아무도 없었는데 남궁산이 잠깐 왼쪽 복도를 보는 사이에 기척도 없이 나타난 것이다.

 그 인물은 온몸에 철갑을 두르고 머리에는 철모를 썼으며, 얼굴까지 철면(鐵面)으로 가렸는데 두 눈만 빼꼼하게 뚫려 있다.

 더구나 철갑과 철모, 철면이 모두 칠흑 같은 흑색이라서 마치 지옥에서 온 염마왕 같은 모습이다.

 왼쪽 어깨에는 단창, 오른쪽 어깨에는 활과 화살통, 그리고 양쪽 허리에는 한 자루씩의 도검이 매달려 있다. 전투에 임하는 모습이다.

　온몸이 터질 듯이 극도로 긴장한 남궁산은 자신의 열 걸음 앞에서 이쪽을 향해 우뚝 서 있는 검은 철갑인이 울전대의 울황고수일 것이라고 직감했다.

　그런데 뭔가 이상한 느낌이 들어서 급히 좌우와 뒤를 둘러보았다.

　그랬더니 언제 나타났는지 좌우의 복도와 뒤쪽 대전 입구 앞에 각 한 명씩의 울황고수가 남궁산을 향해 장승처럼 서 있는 것이 아닌가.

　남궁산은 자신도 모르게 마른침을 꿀꺽 삼켰다. 온몸이 오그라들 정도로 팽팽해지고 소름이 돋았다.

　믿는 구석이 있어서 울전대에 거침없이 들어오긴 했으나, 울황고수들을 보는 순간 공포가 엄습하는 것은 어쩔 도리가 없었다.

　"……!"

　몸이 뻣뻣해져서 경계하는 얼굴로 주위를 한 바퀴 둘러보고 다시 전면으로 고개를 돌리던 남궁산은 한순간 소스라치게 놀랐다.

　전면에 있던 울황고수가 어느새 자신을 향해서 곧장 덮쳐오고 있는 것이 아닌가.

남궁산으로 말하자면 패가수에게 직접 무공을 가르침 받아 현재는 절정고수의 문턱에 들어선 실력이다.

그런데도 전면의 울황고수가 공격해 오는 기척을 추호도 감지하지 못했다.

뿐인가. 울황고수는 일직선으로 남궁산을 향해 짓쳐 오면서 오른손으로 잡은 한 자루 시커먼 도를 머리 위로 치켜세운 자세다.

도대체 뽑는 소리도 없이 언제 도를 뽑았단 말인가. 귀신이 곡할 노릇이다.

키이잇!

남궁산이 놀라고 있는 사이에 울황고수는 일 장까지 쇄도하여 바닥에서 반 장 정도 떠오른 상태에서 수중의 도를 그어내렸다.

마치 요리를 집으려고 젓가락질을 하듯 여유있는 동작이다. 또한 한 올의 군더더기도 없는 깨끗한 솜씨다. 그러면서도 산악을 쪼갤 듯한 위력이 실려 있다.

일순 남궁산은 소름이 오싹 끼쳤다. 하지만 그는 정신을 바짝 차리고 번개같이 품속에 손을 넣었다가 뽑았다.

화악!

다음 순간 금광이 눈부시게 번쩍! 대전 안을 비추는 듯하더니 놀라운 광경이 벌어졌다.

휴르릉!

괴이하면서 영묘한 음향과 함께 어두컴컴한 허공에 하나의 물체가 나타났다.

그런데 놀랍게도 그것은 한 마리 용(龍)이다. 푸른 광채를 눈부시게 뿜어내는 푸른 용, 즉 창룡(蒼龍)이었다.

금광 속에서 푸른 창룡이 나타나다니 신비로운 일이다.

남궁산은 오른손에 한 자루 금빛 소검을 움켜쥔 채 전면 허공을 향해 쭉 뻗고 있었다.

그런데 그 소검에서 금광이 허공 더 높은 곳으로 뿜어져 그곳에 한 마리 창룡의 영상을 나타낸 것이다.

그렇다. 남궁산이 쥐고 있는 검은 바로 항세검이다.

율가륵의 첫 번째 부인이 다나에게 주었고, 그녀가 다시 패가수에게 주었으며, 결국은 남궁산의 수중에 들어왔던 그 항세검인 것이다.

그런데 그때 놀라운 일이 벌어졌다.

방금 전까지 남궁산을 공격하던 울황고수는 물론이고 다른 세 명의 울황고수까지 일제히 남궁산을 향해서 바닥에 납작하게 부복한 채 머리를 조아린 것이다.

아니, 사실 그들은 남궁산이 아닌 항세검에게 부복을 한 것이다.

울전대는 오직 항세검을 지니고 있는 인물에게만 절대복

종한다. 그것이 법이다.

남궁산은 항세검을 내밀고 있지만 여전히 극도로 긴장한 뻣뻣하게 굳은 모습이다.

하지만 긴장감이 희열로 바뀌는 데에는 그리 오랜 시간이 걸리지 않았다.

잠시 후 그의 입가에 득의한 미소가 피어나고 두 눈은 사악하게 번들거렸다.

그러더니 이윽고 그의 입에서 나직하지만 힘있는 첫말이 흘러나왔다.

"내가 누구냐?"

네 명의 울황고수가 부복한 채 여출일구 웅혼한 목소리로 대답했다.

"황제이십니다!"

남궁산의 입이 함지박만 하게 벌어졌다.

'흐흐… 그래, 나는 이제부터 황제다.'

그는 항세검을 거두어 품속에 갈무리하면서 나직이 입을 열었다.

"나를 너희 우두머리에게 안내해라."

* * *

퍼퍼퍽!

"크으으……."

세 번째 격돌에서 이반은 온몸이 해체되는 듯한 처절한 고통을 느끼면서 바닥에 패대기쳐졌다.

그 상태에서 여러 번 바닥에 튕기며 무려 십오륙 장이나 밀려가 벽에 부딪쳐서야 겨우 멈췄다.

그는 두 번째 격돌에서 이미 심각한 내상을 입었었다. 그런데도 억지로 무리해서 재차 기개세를 공격했는데 역시 결과는 마찬가지로 참담했다.

그는 엎어진 자세에서 꾸역꾸역 입에서 피를 흘리며 일어나려고 버둥거렸다.

그러나 어찌 된 일인지 꼼짝도 할 수가 없다. 온몸에 힘이 하나도 없으며 아프지 않은 곳이 없다.

내상을 입은 상태에서 또 당했으니 죽지 않은 것이 이상할 정도다.

그런데도 그는 일어나려고, 그래서 기개세에게 또 덤비려고 안간힘을 썼다.

몸만 만신창이가 된 것이 아니라 정신마저도 황폐해져 버린 탓에 자신이 기개세의 적수가 되지 못한다는 사실을 알면서도 인정하기가 싫었다.

천마무량극을 극성으로 연공했는데 이처럼 허무하게 진다

는 것이 말도 되지 않았다.

고개를 들고 겨우 쳐다보니 기개세는 이번에도 역시 뒷짐을 지고 물끄러미 그를 쳐다보고 있다.

'개자식!'

욕이 치밀었다. 이것은 죽는 것보다 더한 치욕이다.

무슨 수를 써도 태문주를 이길 수 없다는 사실과 이제 이것으로 자신의 운이 다했다는 사실, 그리고 죽더라도 태문주를 저승으로 데려가고 싶다는 치열함이 마구 뒤섞여져서 정신과 마음이 혼란스러웠다.

기개세는 이반에게서 시선을 거두고 느긋하게 주위를 둘러보았다.

천검오십전단은 무한겁별 천 명을 상대로 시종 우세한 싸움을 벌이고 있는 중이다.

천검오십전단 한 명은 무한겁 대여섯 명을 상대할 수 있는 능력을 지니고 있다.

그런데 오백오십 명이 천 명과 싸우고 있으니 뻔한 결과가 아니겠는가.

현재 무한겁별은 삼백여 명이나 죽었다. 싸움이 시작된 지 일각도 지나지 않은 시점의 결과다.

더구나 무한겁별은 이반을 호위한다는 본래의 임무를 수행할 능력을 이미 잃어버린 채 천검오십전단 고수들의 공격에 전전긍긍하고 있을 뿐이다.

 더구나 태화전 밖 돌계단에서 지옥잔별의 방어막을 뚫은 금의위와 황궁시위대 수백 명이 대전 안으로 몰려들어 와 무한겁별을 공격하고 있었다.

 메고 있는 짐이 너무 무거워서 주저앉기 직전에는 새털 하나만 얹어도 무너지고 마는 법이다.

 기개세는 오늘 밤 안으로 울제국이 붕괴할 것이라고 거의 확신하고 있었다.

 이제는 북경성 밖에 주둔하고 있는 울고수들이 달려온다고 해도 상관이 없다. 그때쯤 되면 자금성의 상황은 이미 끝나 있을 것이다.

 그리고 울군사 칠군 중에 전군, 후군, 중군이 자금성을 철통같이 지키고, 금의위와 황궁시위대까지 버티고 있으면 아무리 육십만 울고수라고 해도 쉽사리 자금성을 함락시키지 못할 터이다.

 그사이에 중원에 흩어져 있는 칠군 전체가 속속 북경성으로 집결하여 배후에서 공격하게 되면 울고수는 진퇴양난에 빠지고 만다.

 기개세는 이제부터 그들의 싸움에 개입하려는 생각은 추호도 없다.

 울고수와 울군사는 모두 서장인이다. 그들이 서로 죽이고 죽는 싸움을 벌이면 오히려 쌍수를 들어서 환영할 일이므로 누굴 도울 상황이 아니다.

 최고 우두머리인 천상황 이반이 없는 상황에서 자기들끼리 머리 터지도록 싸우든 말든 알 바 아닌 것이다.

 문제는 칠군대도독 상가루와 그를 추종하는 무리들이 딴마음을 먹지 못하도록 선수를 치는 일이다.

 그것만 잘하면 그야말로 한족은 피 한 방울 흘리지 않고 중원천하를 되찾을 수 있는 것이다.

 기개세는 다시 이반을 보면서 그를 이 자리에서 죽일 것인지 제압한 채로 끌고 가서 잠시 살려둘 것인지에 대해서 생각했다.

 그런데 그는 이반이 있는 곳을 보다가 조금 어이없다는 표정을 지었다.

 저만치 맞은편 벽 아래에 이반이 가부좌의 자세로 앉아 있으며, 그를 중심으로 여섯 명의 인물이 빙 둘러앉아 있는 모습을 발견한 것이다.

 여섯 명의 인물은 이반을 향해 앉아서 두 손을 뻗어 장심을 그의 몸에 밀착시키고 있었다.

 일견하기에도 여섯 인물이 이반에게 공력을 주입하는 것이 분명했다.

 그런데 이반이 다쳤기 때문에 치료를 하기 위해서 공력을 주입하고 있는 분위기가 아니다.

기개세는 여섯 인물이 자신들 본래의 진기, 즉 원천진기(源泉眞氣)를 이반에게 주입하고 있다는 사실을 간파했다.

원천진기를 타인에게 주입하고 나면 자신은 빈 껍데기만 남게 된다.

즉, 무공이 깡그리 사라져 버려서 평범한 사람으로 돌아간다는 것이다.

기개세는 여섯 인물이 누군지 모르지만, 실상 그들은 구룡신장 중의 여섯 명이다.

구룡신장은 이반의 최측근이며 그림자 같은 존재들인데, 예전에 낙양대전에서 기개세에게 세 명이 죽고 여섯 명만 남아 있는 상태다.

그런 그들이 기개세가 잠깐 한눈을 팔고 있는 사이에 나타나서 이반에게 원천진기를 주입하고 있는 것이다.

구룡신장 같은 절정고수들이 무공을 깡그리 잃는다는 것은 차라리 죽는 것보다 더한 고통일 터이다.

그런데도 그들은 자신들의 주군을 위해서 기꺼이 그 일을 감행하고 있는 것이다.

기개세가 아미와 독고비, 나운상을 찾아보니까 그녀들은 닥치는 대로 무한겁들을 죽이느라 신바람이 나서 이쪽에는 아예 신경도 쓰지 않고 있다.

스으.

기개세는 조금 어이없다는 표정을 지어 보이다가 이윽고 선 채로 이반을 향해 스르르 미끄러져 갔다.

여섯 명, 즉 육룡신장은 기개세를 잔뜩 경계하고 있었으므로 그가 다가오자 초조한 표정을 지으면서 당황하는 기색이 역력했다.

현재 원천진기를 주입하는 과정이 막바지에 이른 상황이기 때문에 지금 기개세가 공격을 가한다면 이반은 물론 육룡신장도 주화입마를 당하기 때문이다.

그러나 기개세는 공격하지 않고 이반의 다섯 걸음쯤 앞에서 멈추고 느긋하게 뒷짐을 졌다.

그렇지만 육룡신장은 극도로 당황해서 불안한 표정을 지으며 연신 기개세를 힐끗거렸다.

무림에서 타인에게 원천진기를 주입하는 것은 금기시되어 있는 일이다.

예를 들어서 내게 백 년 공력이 있는데, 그것을 타인에게 모조리 주입한다고 해도 잘해야 일 할, 즉 십 년 공력밖에 쓸모가 없기 때문이다.

내가 갖고 있을 때에는 백 년 공력이던 것이, 타인에게 주입해서는 십 년밖에 효용 가치가 없으니 누군들 그런 쓸데없는 짓을 하려 들겠는가.

하지만 육룡신장은 그 어리석은 짓을 하고 있다. 그것이 주군에게 조금이라도 도움이 될 수 있기 때문이다.

기개세는 그 광경을 보면서 서투른 아이 타이르듯 부드럽게 말했다.

"기다려 줄 테니까 천천히 해라."

그러자 육룡신장의 얼굴에 동시에 착잡하면서도 비참한 표정이 떠올랐다.

기개세의 그 말은 여러 가지 의미를 담고 있었다. 그중에서 가장 큰 의미는 '너희가 무슨 수를 써도 나를 이기지는 못한다' 라는 것이었다.

육룡신장은 착잡한 마음을 금할 수가 없었다. 죽음보다 더한 결정, 즉 자신들의 원천진기를 이반에게 주입시켜 주고 있는 판국에 '그래 봐야 소용없다' 라는 사실을 깨달았으니 그 심정이 어떻겠는가.

그렇더라도 하던 일을 중단할 수는 없다. 또한 기개세가 던진 '무언의 의미' 를 무조건 믿을 수도 없다. 이반이 기개세에게 이겨주기를 간절히 바랄 뿐이다.

이윽고 육룡신장은 이반의 몸에서 손을 떼고 비틀거리면서 일어나 한쪽으로 물러났다.

그들은 이제 보통 사람, 아니, 그보다 훨씬 못한 처지가 되었다. 고수가 되고 싶다면 밑바닥부터 다시 시작해야만 할 것이다.

그들의 심정을 아는지 모르는지 이반은 눈을 뜨고는 천천히 일어섰다.

그는 눈을 감고 있는 중에 기개세의 말을 들었고, 그의 말뜻을 간파했었다.

하지만 그는 육룡신장하고는 좀 다른 생각을 했다. 이번에야말로 기개세를 쓰러뜨릴 수 있다고 확신하고 있는 것이다.

육룡신장의 원천진기를 흡수하는 과정에서 그의 내상은 거의 완치가 되었다.

거기에 육룡신장의 공력이 일 할씩이나마 보태졌으니, 현재 그의 능력은 얼마 전에 비해서 무려 절반 이상이나 고강해진 상태다.

그래서 이 정도면 기개세를 거꾸러뜨릴 수 있다고 확신하게 된 것이다.

이반은 육룡신장이 원천진기를 주입시키는 동안 기개세가 기다려 준 것에 대해서 추호도 고마운 마음이 들지 않았다. 원한이 그만큼 깊기 때문이다.

그는 무표정한 얼굴로 천천히 걸어가서 기개세의 세 걸음 앞에 우뚝 멈춰 섰다.

이어서 기개세를 보며 조용한 목소리로 입을 열었다.

"마지막 단 한 번의 격돌로 끝장을 내자."

기개세는 가볍게 고개를 끄덕였다. 그 역시 원하고 있던 바다.

"좋지."

이반은 하고 싶은 원한 어린 말들이 많았으나 입을 굳게 다물고 천천히 두 발을 넓게 벌리면서 자세를 잡았다.

하고 싶은 말은 기개세를 쓰러뜨린 후에 그의 몸뚱이를 발로 짓밟으면서 해줄 생각이다. 잠시 후에는 그렇게 될 테니 잠시 참는 것도 나쁘지는 않다.

이반은 자신의 몸속에서 활화산 같은 기운이 용솟음치는 것을 느끼며 더욱 승리를 확신했다.

지금은 원래 능력보다 절반 이상 고강해진 상태다. 그렇기 때문에 패한다는 자체가 어불성설이다.

문득 기개세는 빙그레 미소를 지으며 입을 열었다.

"그런데 자네 오부인 정말 아름답더군."

그런데 예상했던 것하고는 달리 이반은 흐릿한 미소를 지으며 고개를 끄덕이는 것이 아닌가.

"후후… 다나를 돌려준 것은 고맙게 생각한다."

'돌려줘?'

기개세는 속으로 의아하게 생각했으나 얼굴은 여전히 느긋한 표정이다.

이반의 미소가 조금 짙어졌다.

"후후후… 네가 무슨 마음으로 그녀를 패가수에게 보냈는지는 모르겠지만, 어쨌든 둘 다 잘 받았다."

'이런……'

기개세는 이반의 말만 듣고는 어떻게 된 영문인지 알 수가 없었다.

하지만 패가수와 다나가 '사랑의 도피'에 실패하고 이반의 수중에 있다는 사실만은 분명히 알게 되었다.

그렇지 않다면 이반이 그 사실을 알고 있을 리가 없다. 다나의 간절한 소원을 들어주려고 한 일이 오히려 그녀와 패가수를 궁지로 몰아넣고 말았다.

이반은 기개세가 입을 다무는 것을 보고 충격을 받은 것으로 생각하여 고소한 마음이 들었다.

이런 작은 일이라도 그를 괴롭힐 수 있다는 사실에 기분이 좋았다.

"다나는 내가 가장 아끼는 계집이다. 그러므로 그녀를 곱게 돌려준 보답으로 너를 고통없이 죽여주마."

기개세는 패가수와 다나가 아직 죽지 않았을 것이라는 생각이 들었다.

그러므로 이반을 죽이거나 제압한 후에 그들을 구해도 늦지 않을 것이다.

이반은 기개세가 약간 미간을 찌푸리며 생각하는 듯한 표정을 짓는 것을 보고 눈에서 흐릿한 기광이 번뜩였다. 지금이 기회라고 판단했다.

쿠와앗!

순간 그는 번개같이 상체를 숙이면서 기개세에게 파고들 듯한 자세를 취하며 쌍장을 발출했다.

앞선 세 번의 공격 때보다도 훨씬 눈부시고 강렬한 혈광이 번쩍! 하고 뿜어지는 순간 어느새 기개세의 코앞까지 쇄도하고 있었다.

기개세는 이미 만반의 준비를 하고 있었기 때문에 지체없이 오른손을 내밀었다.

휴우웅!

여태까지는 아무런 음향도 나지 않았으나 이번에는 깊은 골짜기를 파고드는 거센 바람 소리 같은 것이 흘렀다.

또한 짙은 금광이 장심에서 번뜩였다. 그만큼 강력한 천신기혼을 발출했다는 증거다.

기개세는 이반이 육룡신장의 원천진기를 받았으나 그를 이길 자신이 있었다.

하지만 여태까지처럼 상대해서는 안 된다는 사실을 잘 알기에 마지막 일장에 전력을 다한 것이다.

육룡신장은 벽 쪽에 서서 기개세와 이반의 격돌을 초조하게 지켜보았다.

조금 전에 보았던 기개세의 여유만만한 모습이 뇌리에서 떠나지 않으면서도 이반이 그를 이겨주기를 간절하게 바라고 있었다.

꽈꽝!

한순간 대전 전체를 날려 버릴 듯한 엄청난 폭음이 터졌다.

그 바람에 대전 내에서 싸우던 모든 사람들이 일시에 싸움을 멈추었다.

쿵쿵쿵!

기개세는 오른팔이 뼈근한 것을 느끼면서 뒤로 세 걸음 묵직하게 물러났다.

이반이 육룡신장의 원천진기를 받은 것은 과연 대단한 위력을 발휘했다.

하지만 그가 확신했던 것처럼 기개세를 쓰러뜨릴 만큼 강하지는 못했다.

반면에 이반은 두 줄기 강기가 정통으로 충돌하는 순간 줄 끊어진 연처럼 뒤로 날아가 벽에 모질게 부딪쳤다가 바닥에 나뒹굴었다.

그것은 여태까지 세 번의 격돌에서 받았던 충격을 모두 합친 것보다 더 컸다.

천장을 보고 누워 있는 그는 아직 정신을 잃지는 않았으나 손가락 하나 까딱하지 못하는 신세가 됐다.

그는 숨만 붙어 있다 뿐이지 죽은 것이나 다름이 없는 상태다. 온몸 뼈가 거의 다 으스러졌으며, 장기와 내장이 박살 났고, 혈맥마저 도막도막 끊어졌으니 즉사하지 않은 것이 오히려 이상할 정도다.

 하지만 그는 정신이 가물가물한 상태라서 고통을 전혀 느끼지 못했다.

 오로지 자신이 기개세를 이기지 못하고 당했으며, 그래서 죽어가고 있다는 사실만 아련하게 느끼고 있을 뿐이었다.

 그러면서도 그는 그 사실이 너무도 분했다. 이대로 죽는다면 원통해서 원귀가 될 것만 같았다. 못된 성격은 죽음보다 더 강한 듯했다.

 이반에게서 대여섯 걸음 떨어진 벽 앞에 늘어서 있는 육룡신장은 참담하게 일그러진 표정으로 서서 그를 지켜보고 있었다.

 하지만 그들 중에 아무도 선뜻 나서서 이반에게 다가가려고 하지는 않았다.

 그즈음 대전 내의 무한겁별은 모두 육백여 명쯤 남아 있었는데, 모두 두 손을 늘어뜨린 채 더 이상 싸울 생각을 하지 않았다. 이반의 몰골을 보고는 싸울 의욕을 잃어버린 것 같았다.

 대전 바깥은 어떤 상황인지 모르지만 금의위와 황궁시위

대가 물밀 듯이 대전 안으로 들어오고 있는 것으로 미루어 지옥잔별의 방어벽이 무너진 듯했다.

신삼별조는 예전에 기개세하고의 싸움에서 큰 피해를 입었었다.

이반은 울고수 중에서 제일 고강한 자들을 엄선해서 뽑아 신삼별조의 부족한 인원을 메우고 연일 강도 높은 수련을 시켰다.

그러나 예전 신삼별조에 비해서 전력이 칠 할 수준에 이르는 정도에 그쳤다.

만약 예전 신삼별조가 오늘 이 자리에 있었다면 상황이 조금쯤 달라졌을 수도 있을 것이다.

무한겹별은 이반의 안색이 창백해져서 입에서 꾸역꾸역 피를 흘리며 꼼짝도 하지 못하는 것을 보고는 이제 끝이라는 생각이 들었다.

"뭣들 하느냐? 폐하를 구하라!"

그때 무한겹별 사이에서 한 인물이 쩌렁하게 소리쳤다. 그는 무한겹별주였다.

그러자 무한겹들은 퍼뜩 정신을 차리고 일제히 이반을 향해 쏘아갔다.

그러나 그보다 아미가 더 빨랐다. 그녀는 이반을 향해 쏘아가고 있는 무한겹별주를 향해 아래에서 비스듬히 쏘아 올라 공격해 갔다.
 스웅…….
 숫구치는 그녀의 오른손에 한 자루 무형검이 쥐어졌다.
 무한겁별주는 힐끗 아미를 굽어보면서 수중의 검을 맹렬하게 그어 내렸다.
 쾌애액!
 그와 동시에 아미는 짧은 동작으로 무형검을 그었다.
 쩌겅!
 그러자 쇠뭉치끼리 맞부딪치는 음향이 터지는가 싶더니 한줄기 반투명한 반월형의 광채가 무한겁별주의 허리 부위를 스치고 지나갔다.
 무한겁별주는 아미가 더 이상 추격하지 않고 바닥으로 내려서는 것을 보면서 자신도 이반 옆에 내려섰다.
 쿠당!
 그러나 그의 의도와는 달리 둔탁한 소리가 났고, 그는 바닥을 데구루루 굴렀다.
 구르는 것이 멈추자 그는 뺨이 바닥에 닿은 자세에서 어이없다는 표정으로 눈을 껌뻑거렸다.
 그의 앞 오른쪽에는 이반이 쓰러져 있는 것이 보였고, 왼쪽 그가 쏘아왔던 방향 바닥엔 누군가의 하체가 나뒹굴어 있는 것이 보였다.

허리 부위가 매끄럽게 잘렸는데 한 방울의 피도 흐르지 않았다. 그런데 무한겁별주는 그 하체가 몹시 낯익었다.

눈을 두어 차례 더 끔뻑이는 동안에 그는 그 하체가 자신의 것이라는 사실을 깨달았다.

그리고 자신이 죽어가고 있다는 사실을 뒤늦게 깨닫는 것과 동시에 숨이 끊어졌다.

무한겁별주의 죽음과는 상관없이 육백여 명의 무한겁별이 쓰러져 있는 이반 주위를 겹겹이 에워싼 채 호위했다.

그들은 기개세를 비롯한 천검오십전단과 생사결전을 하려는 듯 도검을 움켜잡고 그들을 쏘아보았다.

"그… 만둬라……."

그때 원을 형성하고 있는 그들의 안쪽에서 매우 흐릿한 목소리가 흘러나왔다.

그들이 쳐다보자 이반이 반쯤 감긴 눈으로 천장을 바라보면서 힘없이 중얼거렸다.

"부질… 없는 짓이다… 항복… 하라……."

그는 자신이 죽을 것이라는 사실을 직감했다. 자신이 죽으면 모든 것이 끝이다. 그는 죽음의 목전에서야 겨우 현실을 파악했다.

무한겁별은 후드득 몸을 떨더니 참담한 표정을 지었다.

"항복해서… 목… 숨을 지켜라……."

이반의 몰락 61

이반이 헐떡이면서 간신히 말하자 무한겁별 사이에서 낮은 흐느낌이 새어나왔다.
 챙! 쨍강! 채채챙!
 이어서 그들은 수중의 도검을 바닥에 던지고 이반을 향해 무릎을 꿇으며 울부짖었다.
 "폐하—!"

第百五十章
올전대는 무적이었다

대사부

"이반이 항복했음을 모두에게 알려라."
 기개세의 말에 대전 입구 쪽에 가까이 있던 육대명왕의 유석과 손진, 모용군이 나는 듯이 달려나갔다.
 콰아아아!
 퍼퍼퍼퍽!
 "흐악!"
 "아악!"
 다음 순간 대전 입구 밖에서 거센 파도가 몰아치는 듯한 소리와 둔탁한 음향, 그리고 처절한 비명성이 한꺼번에 터져 나왔다.

기개세는 움찔 놀라 급히 대전 입구를 쳐다보았다.

쿠당탕!

그때 세 개의 시커먼 물체가 대전 안으로 날아들어 오더니 바닥에 나뒹굴었다.

그것을 발견한 순간 기개세와 아미, 독고비, 나운상, 그리고 천검오십전단의 얼굴에 놀라움이 떠올랐다.

대전 안쪽 바닥에 나뒹굴어 있는 세 개의 물체는 본래의 모습을 알아보기 어려울 정도로 온몸에 화살이 빼곡하게 꽂힌 처참한 모습이었다.

하지만 기개세와 아미 등은 그것이 방금 전에 대전 밖으로 달려나갔던 유석과 손진, 모용군이라는 사실을 보는 즉시 알아차렸다.

그들 각자는 한 몸에 최소한 열 개 이상의 화살이 꽂혔는데, 화살이 완전히 몸을 관통했다.

다가가서 자세히 살펴보지 않아도 이미 죽었다는 것을 알 수 있었다.

그들의 몸을 고기산적처럼 꿰뚫은 화살들은 보통 것보다 세 배 정도 굵고 두 배 정도 길었으며 전체가 먹을 칠한 듯 새카만 색이었다.

"꺄악! 오라버니―!"

"진아!"

"모용 아우!"

그 광경을 보고 유정과 진운상, 오통이 피를 토하듯 처절하게 울부짖으며 달려갔다.

"멈춰랏!"

순간 기개세가 쩌렁하게 외쳤다.

유정과 진운상, 오통은 급히 멈추고는 왜 그러냐는 듯 기개세를 돌아보았다.

기개세는 고슴도치 같은 모습으로 죽은 세 사람을 쏘아보면서 돌처럼 굳은 얼굴로 중얼거렸다.

"물러서라. 울전대다."

순간 대전 안에 있던 모든 사람의 얼굴에 극도의 경악이 떠올랐다.

천검신문 사람들은 경악하면서 불신 어린 표정이고, 무한겁별과 육룡신장은 기쁜 표정이다.

기개세는 죽은 세 사람의 몸에 꽂힌 화살을 보고 그것이 울전대의 화살이라는 걸 직감했다.

그는 순간적으로 어떻게 해야 할지 결정을 내리지 못한 채 착잡한 표정을 지으면서 시선을 대전 입구로 던졌다.

만약 기개세가 진운상과 유정, 오통이 대전 입구로 달려가는 것을 제지하지 않았다면 그들은 대전 밖에서 쏘아대는 울전대의 화살에 무방비 상태로 노출됐을 것이다.

'울전대가 어떻게… 설마 사라졌다는 항세검이 나타났단 말인가?'

울전대는 울제국 황제의 신물인 항세검을 지니고 있는 인물의 명령에만 따른다고 했다.

기개세는 가슴이 먹먹해진 상태로 죽은 세 사람을 다시 쳐다보았다.

너무 큰 충격을 받아서인지 세 사람의 죽음을 슬퍼할 엄두도 나지 않았다.

[대가.]

그때 아미의 심어가 기개세로 하여금 번쩍 정신을 차리게 해주었다.

지금은 싸움 중이다. 더구나 울전대가 나타난 상황이므로 기개세가 어떤 결정이라도 내려야만 하는 것이다.

그는 재빨리 대전 안을 한차례 둘러보았다. 천검오십전단과 무한겁별 모두 그를 주시하고 있었다.

일촉즉발의 팽팽함이 흘렀다. 무한겁별은 반격할 기회를 노리고 있으며, 천검오십전단은 기개세의 명령을 기다리고 있는 것이다.

이윽고 기개세는 현 사태를 냉철하게 파악하고 즉시 결정을 내렸다.

'울전대에겐 안 된다. 철수해야 한다.'

다 된 밥이지만 숟가락을 꽂는 것은 위험하다. 그러다가 전멸당하고 만다. 욕심이 화를 부르는 것이다.

그러나 울전대가 대전 밖을 포위하고 있을 텐데 어떻게 탈출한단 말인가.

망설이고 있을 겨를이 없다. 여차 하는 순간 울전대가 쏟아져 들어오면 그것으로 끝장이다.

천검오십전단이 고강하긴 하지만 일만 명의 울전대를 상대로는 싸움 자체가 되지 못한다.

두 호흡 정도가 흐른 후 기개세는 결정을 내리고 천검오십전단에게 심어를 보냈다.

[내가 신호하면 일제히 사방으로 뛰쳐나가 각 전단별로 최대한 신속하게 자금성을 벗어난다.]

한데 뭉쳐서 행동하는 것은 울전대의 표적이 되기 십상이라고 판단한 것이다.

각자 산지사방으로 흩어져서 탈출하는 방법이 그나마 생존율을 높여줄 터이다.

기개세는 이반 쪽을 쳐다보았다. 제압해서 끌고 가지 못하게 된 판국이므로, 어떻게든 그의 숨통을 완전히 끊어놓으려는 것이다.

그러나 그의 의도를 알아챈 무한겁별은 조금 전에 바닥에

울전대는 무적이었다

버렸던 도검을 일제히 집어들고 싸울 태세를 갖추었다.

기개세는 이반을 포기할 수밖에 없게 되었다. 지금 상황에서 무한겁별과 싸움을 벌이면 천검오십전단이 탈출하기가 더욱 어려워지기 때문이다.

다 된 밥에 재를 뿌린다는 것은 바로 이런 상황을 두고 말하는 것이다.

[아미, 비야, 운상아, 너희는 천검오십전단하고 행동을 같이해라.]

기개세는 심어를 보내는 것과 동시에 번쩍 수직으로 솟구쳐 오르며 재차 심어를 보냈다.

[지금이다!]

쏴아아―!

천검오십전단이 일제히 신형을 날려 사방으로 쏘아갔다.

콰드등―!

그들이 한꺼번에 사방의 벽을 뚫자 벽력음이 터졌다.

기개세의 심어를 듣지 못한 무한겁별은 그와 천검오십전단의 갑작스런 행동에 크게 놀랐다.

퍽퍽퍽!

기개세는 천장을 잇달아 뚫으면서 계속 솟구쳤다.

그의 의도는, 울전대가 자신을 노릴 것이므로 그들의 이목을 자신에게 돌리게 하고, 그사이에 아미 등과 천검오십전단이 무사히 탈출하라는 것이었다.

태화전 천장을 이층까지 뚫으며 솟구치던 기개세는 한순간 움찔 놀랐다.

자신의 발밑에서 아미와 독고비, 나운상이 악착같이 뒤따라오는 기척을 감지했기 때문이다.

쳐다보는 기개세와 시선이 마주친 세 여자는 천진난만한 얼굴로 환하게 웃었다.

그녀들의 표정은 마치 '당신이 가는 곳이면 지옥 끝까지라도 따라갈 거예요'라고 말하는 것 같았다.

하지만 이제 와서 그녀들더러 천검오십전단을 따라가라고 할 수는 없다. 그렇게 되면 오히려 그녀들이 더 위험해지기 때문이다.

[바짝 따라붙어라.]

결국 기개세는 어쩔 수 없이 그렇게 심어를 보내면서 속도를 약간 늦췄다.

자신이 먼저 지붕을 뚫고 나가면 뒤따르던 그녀들이 울전대의 집중 공격을 받게 될까 봐서다.

아미가 자신들 중에서 가장 약한 나운상의 손을 잡고 힘차게 솟구쳐 기기세에게 바짝 따라붙었다.

기개세는 호신막을 펼쳐서 자신과 세 여자를 감싸는 것과 동시에 천장을 뚫고 솟구쳐 올랐다.

울전대는 무적이었다

쾅!

그러면서 그는 재빨리 사방을 둘러보았다.

"……!"

순간 그의 얼굴에 놀라움이 가득 떠올랐다.

눈에 보이는 사방의 모든 전각에 검은 철갑을 입고 철면을 쓴 수많은 인물들이 수백 겹으로 우뚝 선 채 화살을 겨누고 있는 광경을 발견한 것이다.

'울전대!'

움찔 놀라는 사이에 갑자기 천둥이 치는 듯한 굉렬한 음향이 야공을 뒤흔들었다.

콰앙!

순간 울전대 전체의 화살이 발사되었다. 일만 명이 동시에 강궁, 아니, 철궁(鐵弓)을 발사하는 소리가 천둥소리처럼 굉렬했던 것이다.

일만 발의 쇠화살, 즉 철전(鐵箭)이 허공을 새카맣게 뒤덮은 채 기개세와 세 여자를 향해 소나기처럼 쏟아져 왔다.

그것은 마치 지옥의 염라귀들이 세상을 향해서 일제히 창을 던지는 듯한 광경이다.

그 순간 기개세는 여러 대의 철전에 고슴도치처럼 꿰뚫려서 죽은 유석과 손진, 모용군의 참혹한 모습이 번쩍 뇌리를 스쳐 지나갔다.

그는 아직 울전대가 발사하는 철전의 위력을 정확하게 모르고 있다.

유석과 손진, 모용군은 전혀 방비도 하지 않은 채 달려나가다가 당하고 말았다.

만약 그들이 호신막을 펼쳤었다면 결과가 어떻게 됐을지 알 수가 없다.

철전이 호신막을 뚫었을 수도 있고, 튕겨 나갔을 수도 있을 것이다.

그렇지만 기개세가 봤을 때 울전대의 철전은 웬만한 호신막쯤은 여지없이 뚫을 것 같았다.

강력한 철전이 한 발도 아니고 한꺼번에 수십, 수백 발이 적중되면 호신막이 파훼되는 것쯤은 간단할 것이다.

유석과 손진, 모용군은 각기 십여 발씩 삼십여 발의 철전에 꿰뚫렸었다.

단 한 대의 철전도 벽이나 바닥에 꽂히지 않았다. 즉, 빗나간 것이 없다는 뜻이다.

울전대는 세 사람을 향해서 삼십여 발의 철전을 발사했고, 그것들은 모조리 적중되었다.

창졸간에 벌어진 일이라고는 하지만, 유석과 손진, 모용군 같은 고수들이 미처 손을 써볼 새도 없이 당했다는 것은, 철전이 무지하게 빠르고 위력적이기 때문이었을 것이다.

울전대는 무적이었다 73

후우…….

기개세는 계속 수직으로 솟구치면서 호신막을 더욱 강력하게 만들었다.

그러자 아미와 독고비도 천신기혼을 뿜어내서 호신막에 두 겹을 더 입혔다.

그리고 나운상도 공력을 뿜어내서 미력하나마 호신막에 힘을 보탰다.

일만 발의 철전은 기개세 일행이 솟구치는 속도와 거리를 정확하게 계산했는지 단 한 발도 빗나가지 않고 모조리 호신막을 향해 쏘아왔다.

워낙 많은 철전이 야공을 뒤덮은 탓에 바깥의 광경은 아예 보이지도 않았다.

기개세는 적잖이 긴장했다. 무적군단이라고 소문난 울전대와의 첫 번째 격돌이다. 그러므로 그도 인간인 이상 긴장하지 않을 수가 없다.

콰콰콰콰콰―!

그것은 결코 화살이 호신막에 부딪치는 소리라고 할 수 없을 만큼 굉장했다. 천지개벽이 있다면 필경 이런 굉음이 터질 것이다.

일만 발의 철전이 일정한 시간을 두고 연이어서 호신막을 때리는 것이 아니다. 이것은 믿을 수 없게도 불과 한 호흡 안에 일만 발의 철전이 한꺼번에 호신막을 강타했다.

호신막이라는 것은 한 번 펼쳐 놓기만 하면 그대로 유지되는 것이 아니다.

그것을 계속 유지시키려면 꾸준히 공력을 발출하고 있어야만 한다.

다시 말하면, 호신막은 그것을 만들어낸 사람과 공력으로 연결되어 있는 것이다.

일만 발의 철전이 한 호흡 만에 호신막을 무지막지하게 두들기는 것은 수백만 근 이상의 무형의 충격이 일시에 가해지는 것이나 마찬가지다.

그 충격은 기개세를 비롯한 세 여자에게 한꺼번에 똑같이 가해졌다.

그 순간 무공이 가장 약한 나운상이 제일 먼저 피를 왈칵 토하면서 정신을 잃어버렸다.

독고비는 한순간 정신이 멍해지는 것을 느끼며 울컥 한 모금의 피를 토했다.

기혈이 마구 들끓고 오장육부가 끊어질 듯이 고통스러웠으나 이를 악물고 견뎠다.

그녀가 그 정도인데 하물며 나운상이 단번에 혼절하는 것은 너무도 당연했다.

기개세는 기혈이 약간 흔들렸으며, 아미는 몸이 팽창하는 듯한 느낌을 잠깐 동안 느끼는 정도에 그쳤다.

그러나 일만 발의 철전을 한꺼번에 적중당한 호신막의 상승하는 속도가 급격하게 느려졌다.

콰아앙!

그때 지축과 허공을 동시에 울리면서 재차 벽력음이 터졌다. 두 번째 철전이 발사된 것이다.

철전이 얼마나 빠른지 발사에서 적중까지 걸리는 시간은 채 한 호흡도 되지 않는다.

기개세가 무슨 대책을 세우기도 전에 다시 한 번 폭풍 같은 일만 발의 철전을 견뎌내야만 했다.

후우우…….

그는 천신기혼을 극한으로 끌어올려 호신막을 더욱 튼튼하게 보강했다.

첫 번째 철전 공격에 나운상은 혼절했으며 독고비도 가볍지 않은 내상을 입은 듯하다.

만약 이 상태에서 한 번 더 철전 공격을 당한다면 나운상은 목숨을 잃을지도 모르고 독고비는 엄중한 내상을 입게 될 것이다.

하지만 호신막을 튼튼하게 했으므로 최소한 그런 일은 일어나지 않을 것이다.

그렇지만 그다음이 문제다. 두 번째 뒤에는 또다시 세 번째 철전 공격이 이어질 것이다.

상승하는 속도는 또다시 현저하게 느려질 테고, 기개세가 연이어서 쏘아오는 일만 발의 철전 공격을 언제까지 막아낼지도 미지수다.

　그게 아니라면 울전대가 또 다른 형태의 공격으로 나올지도 모른다.

　그게 어떤 공격인지는 모르지만 미상불 철전 공격보다 강하면 강했지 약하지는 않을 터이다.

　기개세는 양손으로 아미와 독고비의 손을 잡았다. 아미가 나운상의 허리를 안고 있으므로 네 사람은 하나로 연결이 된 셈이다.

　콰콰콰콰—!

　그 순간 두 번째 일만 발의 철전이 호신막에 적중됐다.

　느릿하게나마 상승하던 기개세 일행은 그 자리에 정지했으며, 숨 한차례 호흡할 정도의 짧은 시간에 일만 발의 철전이 폭풍처럼 호신막을 적중하고 끝났다.

　그러나 기개세가 호신막을 튼튼하게 만들었기 때문에 처음보다는 충격이 덜했다. 덕분에 세 여자는 아무도 다치지 않았다.

　[전력을 다해서 도망쳐라!]

　그 순간 기개세는 아미와 독고비에게 심어를 보내는 것과 동시에 호신막을 거두면서 그녀들을 한쪽 방향 허공 높이 힘

울전대는 무적이었다

껏 내던졌다.
 아미와 독고비의 눈이 화등잔처럼 커졌다.
 "안 돼요!"
 "그러지 말아요!"
 두 여자는 피를 토하듯이 울부짖었다.
 하지만 기개세가 워낙 강력한 힘으로 내던졌기 때문에 그녀들은 빛처럼 빠른 속도로 각기 다른 방향 허공으로 드높이 솟구쳐서 순식간에 멀어져 갔다.
 울전대의 목표는 필경 기개세일 것이다. 만약 그가 그녀들과 함께 탈출하려 했다면 울전대는 무슨 수를 써서라도 탈출을 차단했을 것이다.
 기개세는 급전직하 어느 전각의 울전대를 향해 무서운 속도로 내리꽂혔다.
 아미 등 세 여자와 아직 자금성을 벗어나지 못한 천검오십전단 고수들이 있기 때문에 그들의 탈출을 도우려는 의도에서다.
 쏘아 내리면서 힐끗 돌아보니까 까마득하게 솟구쳤던 아미와 독고비가 수백 장 밖에서 포물선을 그리며 두 개의 점으로 하강하고 있었다.
 일단 이것으로 세 여자에 대한 걱정은 덜었다고 할 수 있다.
 콰아아아―!
 바로 그때 기개세를 향해 세 번째 철전 일만 발이 다시 발사되었다.

파아아!!

그는 호신막을 만들어서 철전들을 마구 튕겨내며 속도를 더욱 높였다.

네 명을 보호하던 호신막으로 이번에는 기개세 자신만 보호하면 되기 때문에 훨씬 두터워져서 일만 발의 철전들을 모조리 튕겨냈다.

그가 쏘아 내리고 있는 전각의 지붕 위에는 약 오백여 명의 울전대 울황고수들이 운집해 있었다.

일단 그곳을 공격해서 한바탕 들쑤셔 놓은 직후에 혼란한 틈을 타서 전력으로 내뺄 생각이다.

아무리 기개세라고 해도 상대는 울전대다. 지금은 객기를 부릴 때가 아니다. 현재로서는 도주가 최선책이다. 다른 것은 생각할 수가 없다.

그는 전각 지붕이 가까워지자 오른손에 무형검을 만들어 움켜쥐고, 왼손에는 천신기혼을 모아 한꺼번에 발출할 준비를 갖추고 일직선으로 쏘아갔다.

전각 지붕의 울황고수들은 어느새 활을 어깨에 메고 손에 도를 뽑아 쥔 채 우뚝 서 있었다.

그냥 보기에는 시커먼 철갑을 입고 철모를 쓴 약간 특이한 모습의 군사에 지나지 않았다.

지붕 위에 서 있는 광경도 질서없이 되는대로 여기저기 흩어져 있어서 그런 느낌이 더욱 강했다. 말하자면 겉모습만 번지르르한 오합지졸 같았다.

그렇지만 기개세는 추호도 방심하지 않고 전력을 다할 생각이다. 어쨌든 상대는 울전대가 아닌가.

그는 얼마 전에 울황고수인 가파륵을 상대해 봤었다. 가파륵은 예상외로 고강했다.

그런 자들이 구천구백구십구 명이나 모여 있는 것이 바로 무적의 울전대인 것이다.

울황고수들은 기개세가 십여 장 거리에 이르자 비로소 움직이기 시작했다.

'이놈들! 이미 늦었다.'

기개세는 지붕의 한복판에 모여 있는 이십여 명의 울황고수를 목표로 삼고 수중의 무형검을 치켜들었다.

구오옷!

무형검을 맹렬하게 그어 내리고 또한 왼 손바닥을 활짝 펼치자 두 줄기, 아니, 두 개의 작은 태양 같은 빛 덩어리가 폭발하듯이 뿜어져 나갔다.

기개세는 육안으로는 그 빠르기를 분간하지 못할 정도의 속도로 쏘아가는 두 개의 빛 덩어리를 보면서 이미 다음 동작에 대해서 생각했다.

"……."

 그런데 그때 갑자기 그의 생각이 뚝 멈추었다. 지붕 위에서 벌어지고 있는, 아니, 이미 벌어져 있는 어떤 희한한 광경을 목격했기 때문이다.

 그가 목표로 삼았던 지붕 한복판에서 울황고수들이 감쪽같이 사라져 버렸다. 그리고는 그 자리에 시커먼 지붕만 덩그러니 남아 있었다.

 아니, 사실은 사라진 것이 아니다. 그곳에 있던 울황고수들은 지붕 밑에 숨은 것 같았다.

 아니, 그것도 아니다. 방금 기개세는 똑똑히 목격했다. 그가 목표로 삼았던 지점의 울황고수 삼십여 명이 일사불란하게 무엇인가 검은 장막 같은 것들을 펼치더니 그것을 머리 위로 일제히 치켜올리는 광경을 말이다. 그랬는데 순식간에 사라져 버린 것이다.

 그런데 검은 지붕처럼 생긴 그 형태가 좀 특이했다. 한복판이 불쑥 솟아 있고 주위가 둥그스름했다. 즉, 커다란 검은 버섯과 같은 형태다.

 일순간 기개세는 그것이 무엇인지 알지 못했다.

 어쨌든 기개세가 발출한 두 개의 빛 덩어리가 시커먼 버섯 형태의 한복판에 적중했다.

 파아아…….

쾅! 쾅!

그런데 어이없는 일이 벌어졌다. 두 개의 빛 덩어리가 버섯 형태의 한복판에 정확하게 적중됐는데 그대로 좌우로 미끄러져서 지붕을 강타해 버린 것이다.

그 순간 기개세는 울황고수들이 전개한 작전이 무엇인지 깨달았다.

즉, 울황고수 각자가 특수한 막 같은 것을 머리 위로 잇대어 펼쳐서 뾰족한 버섯 형태의 둥근 막을 형성한다.

그렇게 하면 외부에서의 공격이 정확하게 적중되지 않고 흘려 버리는 역할을 하는 것이다.

그것은 바람이나 눈비가 우산을 뚫지 못하고 흘러내리는 이치와 같다.

기개세의 천신기혼을 흘려 버릴 정도라면 울황고수들이 펼친 막이 매우 강해야만 한다.

어쨌든 기개세의 첫 번째 공격은 전각 지붕에 커다란 구멍을 두 개 뚫었을 뿐 아무 실효도 거두지 못했다.

한 번의 공격에 울황고수 십여 명 이상을 즉사시킬 수 있을 것이라고 예상했었는데, 십여 명은 고사하고 단 한 명도 죽이지 못한 것이다.

예상하지 못했던 결과에 기개세는 어이없다는 표정을 지었다. 자신의 공격을 그처럼 무력하게 만들 줄 몰랐기에 황당한 기분을 떨치지 못했다.

 하지만 내리꽂히고 있는 그는 어느새 전각 지붕의 오 장까지 쇄도한 상태다.

 지금 두 번째 공격을 가하지 않으면 반대로 울황고수들의 반격을 당하게 될 것이다.

 그렇지만 똑같은 공격을 두 번씩이나 시도할 정도로 그는 바보가 아니다.

 멀리서 강기로 공격하는 것은 울황고수들이 그런 식으로 방어를 한다지만, 가까이에서 마주 보고 공격하는 것까지 그런 방법이 먹히지는 않을 것이다.

 기개세는 순식간에 지붕에 이르러서 검은 버섯 모양을 형성하고 있는 울황고수들에게 무형검을 휘두르며 직접 몸으로 부딪쳐 갔다.

 사아아…….

 그러나 이번에도 그의 의도는 성공하지 못했다. 그가 부딪치기 직전에 버섯 형태가 스러지듯이 와해되면서 사방으로 흩어져 버린 것이다.

 그것은 마치 한군데에 잔뜩 모여 있는 파리 떼에 돌 하나를 던졌을 때 파리들이 순식간에 사방으로 흩어지는 듯한 광경이었다.

 기개세는 지붕에 내려서는 것과 동시에 울황고수들을 공

격하려고 했다.

그러나 그들이 물러나는 속도가 워낙 빨라서 간격이 삼사 장으로 벌어졌고, 계속 벌어지고 있는 중이었다.

게다가 그들 삼십여 명을 비롯하여 지붕에 있던 오백여 명 전원이 기개세를 포위해 버린 형국이 돼버렸다.

그러나 기개세는 조금도 굴하지 않고 한쪽의 울황고수들을 향해 곧장 짓쳐 갔다.

거리는 불과 삼사 장이므로 기개세는 눈 한 번 깜빡이는 것보다 더 빠르게 울황고수의 목전에 이르렀다.

그런데 놀랍게도 상황이 또다시 변했다. 울황고수들은 변화무쌍하고 끝이 없는 것 같았다.

기개세가 공격해 가고 있는 방향의 울황고수 다섯 명이 나란히 일렬로 늘어서는 것 같더니 어느새 반원형의 대열을 만들었다.

즉, 학이 날개를 활짝 펼쳐서 약간 오므린 듯한 반원형의 형상이다.

그렇게 되니까 기개세가 공격하려는 목표는 가장 안쪽의 울황고수가 되었고, 양쪽 네 명이 기개세의 좌우에서 협공하는 형세가 되었다.

하지만 기개세는 멈추지 않고 가장 안쪽, 즉 다섯 명 중 한가운데 울황고수를 향해 무형검을 위에서 아래 세로로 번쩍 그어댔다.

 기개세의 무형검에서 발출된 무형의 천신기혼이 일 장 거리에 있는 목표로 삼은 울황고수에게 도달하는 시간은 촌각을 백으로 쪼갠 것보다 더 빠르다.

 그토록 짧은 시간에 다섯 명의 울황고수는 또 다른 변화를 만들어냈다.

 다섯 명이 일제히 도를 가운데로 뻗어서 다섯 자루의 도로 하나의 활짝 펼쳐진 꽃잎 모양을 형성한 것이다.

 다섯 명이 서 있는 위치가 제각기 다르기 때문에 다섯 자루의 도로 만든 꽃잎, 즉 도화(刀花)는 안쪽이 움푹 들어간 형태가 되었다.

 이번에도 기개세는 그들이 무엇 때문에 그런 도화를 만들었는지 순간적으로 이해하지 못했다.

 그러는 사이에 기개세가 발출한 천신기혼은 도화의 한복판 움푹 들어간 안쪽에 적중했다.

 아니, 적중됐다기보다는 깊은 물에 작은 돌 하나를 던진 것처럼 흔적도 없이 흡수되어 버렸다.

 가공한 위력의 천신기혼이 적중됐는데도 아무런 소리도 나지 않았고, 아무런 변화도 일어나지 않았다.

 단지 다섯 명의 울황고수가 몸을 움찔 한차례 강하게 떨었을 뿐이다.

그 순간 도화가 변화를 일으켰다. 도화를 형성한 다섯 자루의 도가 재빨리 기개세를 가리켰다.

그것은 마치 도화 안쪽에 무엇인가 보이지 않는 물체를 다섯 자루의 검이 끌어당겨서 기개세를 향해 던지는 듯한 광경이었다.

"......!"

그 순간 기개세는 흠칫했다. 한줄기 무형의 빛살이 자신을 향해 곧장 쏘아오는 것을 감지한 것이다.

그런데 더 놀라운 것은 그 무형의 빛살이 방금 전에 그가 발출한 천신기혼이라는 사실이다.

'환망기출(還網氣出)!'

문득 기개세는 언젠가 대정숙에서 닥치는 대로 읽었던 수많은 고서 중에서 어떤 책의 내용이 퍼뜩 떠올랐다.

환망기출이란 상대의 공격을 특수한 비법을 발휘하여 보이지 않는 특수한 무형의 그물을 만들어서 붙잡았다가 상대에게 고스란히 되돌려 주는, 언뜻 이해가 되지 않는 불가사의한 수법이다.

그 내용을 읽었을 때에는 설마 그런 수법이 있겠는가, 하며 반신반의했었는데, 지금 그 환망기출이 기개세 앞에서 버젓이 전개된 것이다.

환망기출이 틀림없다. 그게 아니고선 기개세가 발출한 천신기혼을 고스란히 되돌려 줄 수 없다.

기개세가 다급하게 상체를 비틀자 쏘아오던 천신기혼이 아슬아슬하게 귓가를 스쳐 지나갔다.

충격을 받아서 멍하고 있는 사이에 하마터면 자신이 발출한 수법에 당할 뻔했다. 어이없는 일이 아닐 수 없다.

쐐애애액!

그 순간 귀청을 찢는 파공음이 사방에서 울렸다.

기개세는 굳이 눈으로 확인하지 않아도 사방에서 울황고수들이 공격해 오는 것임을 알았다.

천신기혼을 피하려다가 빈틈을 보였으니 공격을 당하지 않으면 이상한 일이다.

기개세는 파공음만 듣고도 몇 명의 적이 공격을 하고 있으며, 거리가 얼마고, 어느 각도에서 공격을 해오는지 환하게 알 수 있다.

결국 그는 울황고수들과 한데 어울려서 치고받는 드잡이를 할 수밖에 없다는 결론을 내렸다.

'음?'

그때 전면을 보던 그는 슬쩍 미간을 좁혔다.

전면에서 울황고수 다섯 명이 한 조가 되어 공격을 해오고 있는데 그 모양이 특이했다.

한 명이 복판에 있고 그를 중심으로 사방 네 방향에 한 명씩, 네 명이서 한 송이 꽃잎 모양을 형성한 채 공격을 하고 있었다.

기개세는 재빨리 주위를 둘러보았다. 여러 방향에서 공격해 오는 울황고수들은 한결같이 다섯 명이 한 조를 이루고 있는 광경이다.

그런데 각 조가 형성하고 있는 모양은 세 종류다. 꽃잎 모양과 새의 날개 모양, 그리고 갈지자 모양이다.

또한 그들이 사용하는 무기도 달랐다. 무기는 세 종류인데 도와 검, 창이다.

도를 사용하는 자들은 꽃잎 모양의 대형을 이루었고, 검은 새의 날개 모양, 그리고 창은 갈지자 모양의 대형이다.

기개세는 울황고수들이 공격해 오고 있는 반 호흡 정도의 짧은 시간 안에 그들의 대형과 사용하는 무기, 공격 형태 따위를 재빨리 파악했다.

하지만 더 자세한 것을 알아내기에는 시간이 부족하다. 직접 부딪치면서 몸으로 알아내는 수밖에 없을 듯했다.

지금 현재 그를 공격하는 것은 아홉 개의 대열, 도합 사십오 명이다.

다수가 단 한 명을 공격하는 것으로는 공간적인 한계 때문에 대략 칠팔 명이 최대 인원이다.

그런데 이들은 최대 인원의 여섯 배가 넘는 사십오 명이 공격해 오고 있다.

어떻게 보면 싸움의 기본조차 모르는 행동이다. 하지만 그들이 왜 그러는지는 곧 밝혀졌다.

슈슈슉!

그 순간 기개세의 왼쪽 뒤편에서 공격이 가해졌다.

다섯 자루의 창이 그의 온몸을 노리고 상상을 초월하는 속도로 찔러왔다.

기개세는 그쪽을 쳐다보지 않았다. 쳐다볼 겨를이 없기 때문이다. 하지만 굳이 쳐다보지 않고서도 그들 다섯 명이 어떤 형태로 공격을 하는지 파공음만으로도 파악할 수 있었다.

그들 다섯 명이 아무리 최소한의 공간만을 차지한 상태에서 공격을 한다고 해도, 그들이 차지하고 있는 공간 때문에 왼쪽과 배후에서 다른 조는 공격을 할 수 없어야만 정상이다.

그런데 그게 아니다. 왼쪽에서는 다섯 자루 검이, 배후에서는 다섯 자루 도가 동시에 공격을 개시했다.

그뿐만 아니라 전면과 오른쪽, 그리고 전면과 왼쪽의 사이와 전면과 오른쪽 사이, 오른쪽과 배후의 사이에서 또 다른 조가 맹공을 가해왔다.

그게 도합 여덟 개 조의 사십 명이다. 어떻게 사십 명이 한꺼번에 한 명을 공격할 수 있단 말인가. 결코 있을 수 없는 일이다.

울전대는 무적이었다

그러나 기개세는 눈으로 직접 볼 수 있는 시야, 즉 전면과 좌우에서 공격해 오고 있는 울황고수들을 보고는 그 의문이 풀렸다.
 일 개 조 다섯 명이 공격을 하면서 차지하고 있는 공간은 겨우 한 명 반이 차지할 정도의 공간에 불과했다.
 두 명도 아닌 한 명 반이 차지할 공간에서 다섯 명이 공격하고 있는 것이다.
 그런 비좁은 공간에서도 다섯 명은 앞사람이나 겹쳐 있는 옆사람의 겨드랑이 사이와 다리 사이, 얼굴 옆, 머리 위 여러 각도에서 믿을 수 없을 만큼 원활하게 마음껏 공격을 하고 있다.
 한꺼번에 사십 자루의 창과 도, 검이 소나기처럼 단 한 명을 공격하는 기적 같은 일이 일어나고 있는 것이다.
 '이런 말도 안 되는……'
 오죽하면 기개세조차도 기가 질려 버렸겠는가.
 쐐애애액!
 콰우웃!
 사십 자루 무기가 기개세를 향해 쏟아져 오는 음향이 소름 끼치게 밤하늘을 떨어 울렸다.

第百五十一章
더 깊은 수렁으로

대사부

그러나 기개세가 누군가. 죽을지언정 절대 포기를 모르는 철혈영웅(鐵血英雄)이 아닌가.

 그는 오히려 이 기회에 울황고수들을 한바탕 뒤흔들어 놓겠다는 생각을 했다.

 스응…….

 왼손으로 무형검을 만들어 전면과 왼쪽의 공격을 차단하면서 동시에 오른손으로 어깨의 절대신검을 뽑자마자 오른쪽의 적들을 향해 짓쳐 갔다.

 울황고수들은 지독하게 빠르다. 예전에 기개세가 맨손으

로 상대했던 가파륵하고는 질적으로 다르다. 이런 빠르기는 예전에 한 번도 본 적이 없다.

하지만 빠르기라면 기개세를 능가하지 못한다. 울전대가 제아무리 특이하고도 괴이한 대형과 수법을 전개하더라도 근본은 인간이 만들어냈다는 사실이다.

인간이 만들어낸 것은 반드시 인간에 의해서 파괴된다는 섭리는 만고의 진리다.

카카카카캉!

채채채챙!

한꺼번에 찌르고 베어오는 수십 자루의 창과 도검을 모두 피할 수는 없다.

기개세는 온몸을 비틀고 흔들어서 피하면서 오른쪽으로 쏘아가는 한편 왼손의 무형검으로 적의 무기들을 쳐냈다.

구태여 강한 힘을 쓸 필요도 없다. 찌르고 베어오는 방위와 각도를 알고 있으니까 불과 세 번의 휘두름으로 공격해 오는 무기들을 모두 피하고 물리쳤다.

투두둑.

그는 쏘아가고 있는 오른쪽에서의 공격을 피하면서 절대신검으로 가볍게 건드려 무기들의 방향이 살짝 빗나가게 만들면서 깊숙이 파고들었다.

그 순간 오른쪽에서 공격하던 울황고수들이 순식간에 쫙

흩어지면서 믿어지지 않을 정도의 빠른 속도로 물러났다. 그것은 마치 실물과 똑같은 속도로 움직이는 그림자 같았다.

쉬이이…….

절대신검이 물러나는 어떤 울황고수보다 두 배쯤 빠른 속도로 목을 찔러갔다.

울황고수는 자신을 향해 점점 가까이 찔러오는 절대신검을 보면서 철면 속의 한 쌍의 눈이 조금 커졌다.

푹!

절대신검이 파고들자 울황고수는 목 안쪽이 화끈한 느낌을 받았다.

절대신검은 그의 목을 깊이 찌르지 않았다. 관통을 해도, 목을 잘라도, 두어 치 깊이만 찔러도 적을 죽일 수 있다면, 두어 치 깊이로 찌르는 것이 가장 효율적이다.

핏!

그 상태에서 절대신검이 목옆으로 빠져나가 옆쪽에서 물러나고 있던 또 다른 울황고수를 향해 수평으로 빛이 흐르듯이 그어갔다.

두 번째 울황고수는 힐끗 그것을 발견하고 피하려고 상체를 뒤챘다.

인간은 위험이 닥치면 그것을 눈이나 귀로 인지하고 그 후에 몸이 반응을 한다.

두 번째 울황고수는 위험을 인지했으나 몸이 반응하기 전에 절대신검의 정중한 방문을 받았다.

곧 찾아뵙겠다고 귀띔을 한 절대신검은 약속을 지켰다. 두 번째 울황고수의 오른쪽 목으로 파고들면서 찾아뵌 것이다.

기개세는 다음 먹잇감을 찾아보았으나 공격을 마친 울황고수들은 모두 일 장 밖으로 물러난 상황이다.

그는 한 번 공격에 두 명의 울황고수밖에 죽이지 못했다.

접근전에서조차 그가 이런 저조한 실적을 올렸다는 것은 앞으로 어려운 싸움이 될 것을 예고하는 것이다.

공격은 흐름이 끊어지면 적의 반격을 당하게 된다. 그는 가장 가까운 곳의 울황고수들을 향해 병아리를 낚아채려는 솔개처럼 쏘아갔다.

떠엉!

그 순간 허공을 격탕시키는 짧은 음향이 그의 머리 위에서 터졌다.

콰아악!

뒤이어 폭음에 가까운 파공음이 터졌다.

기개세는 움찔했다. 그것은 추호도 예상하지 않았던 공격이다. 그는 머리 위를 쳐다보지 않았다.

그러지 않고도 그것이 머리 위 이 장 거리에서 발사된 다섯 발의 철전이라는 사실을 확연히 알 수 있었다.

만약 올려다보았다면 고개를 드는 순간 그의 몸은 벌집이 되고 말 것이다.

후우.

순간적으로 머리 위에 호신막을 쳤다.

투투퉁!

철전들이 호신막에 튕겨질 때 기개세의 배후에서 울황고수들이 또다시 일제히 공격을 개시했다.

설명은 길지만 기개세가 오른쪽으로 짓쳐 가서 울황고수 두 명을 죽이고, 머리 위에서 철전이 쏟아지고, 또 배후에서 공격을 가한 것은 거의 동시에 일어난 일이다.

이번에는 첫 번째 공격하고 조금 달라졌다. 처음에는 다섯 명이 한 조였으나 두 번째는 열 명이 한 조다.

더구나 배후와 배후의 좌우에서 다섯 개 조가 공격을 해오더니 그 즉시 전면에서 네 개 조가 합공을 해왔다. 도합 아홉 개 조 구십 명의 연합 공격이다.

그런데도 다섯 명이 한 개 조일 때와 조금도 다름이 없는 기민하고 일사불란한 움직임을 보이고 있다.

아니, 열 명이 움직이는데 오히려 한 명이 행동하는 것보다 더 빠르면서 한 치의 어긋남도 없다.

열 명 한 개 조 구십 명의 공격은 첫 번째 공격에 비해서 두 배의 위력이다.

표적은 기개세 한 명뿐인데 어떻게 구십 명이 한꺼번에 공격할 수 있는가, 하는 원론적인 의문은 이제 더 이상 무의미하다.

이들 울전대는 도저히 일반적인 무림의 상식으로는 불가해한 존재들이다.

쿠와아아―!

여덟 개 조 팔십 명이 지붕의 사방에서 공격을 하고, 한 개 조 열 명이 허공에서 기개세를 향해 철전을 발사한다.

겉보기에는 팔십 명이 서로 뒤엉키고 엇갈리면서 어지럽게 공격을 퍼붓지만 한 명도 부딪치는 자가 없었다.

그뿐 아니라 구십 명의 공격은 끊어지지 않고 쉴 새 없이 계속 이어졌다.

더구나 열 명이 허공에서 이리저리 엇갈려서 날아다니며 철전을 쏴대는 것은 아예 신기라고 할 수 있었다.

팔십여 명의 동료들이 미친 듯이 공격을 퍼부으면서 재빠르게 움직이고 있는 미미한 틈새로 어떻게 철전을 쏘아댈 수가 있는지 절묘하기 짝이 없다.

게다가 동료를 절대 맞히지 않는 것은 물론이고, 단 한 발도 기개세에게서 빗나가지 않았다.

하나같이 기개세의 급소만을 노리는 터라 그는 팔십 명의 공격을 상대하랴 철전을 피하거나 막느라 정신이 없었다.

하지만 그게 다가 아니다. 한 개 조가 열 명이고, 아홉 개 조가 일대(一隊)라면, 구십 명 일대만 기개세를 공격하는 것이 아니다.

두 번째 대(隊)가 공격에 가담했다. 구십 명이 공격을 하는 것도 도저히 있을 수 없는 일이거늘, 두 번째 대 구십 명이 가세를 해서 도합 백팔십 명이 기개세 한 사람에게 집중 공격을 퍼부었다.

거기에서 끝난 게 아니다. 이곳 지붕에는 울황고수가 오백여 명이나 있으며, 그들이 대를 만든다면 최소한 다섯 개는 만들 수가 있다.

어이가 없는, 아니, 가당치도 않은 일이 지금 지붕 위에서 벌어지고 있었다.

잠시의 시간이 흐르자 마침내 다섯 개 대 사백오십 명이 기개세 한 사람을 맹공격하기 시작했다.

나머지 오십여 명은 기개세 머리 위 허공을 날아다니면서 철전을 쏘아댔다.

만약 이곳이 지붕 위가 아니고 지상이라면 일만 명의 울황고수들이 백십일 개의 대를 만들어서 기개세 한 명을 공격할 것이다.

기개세는 그로부터 약 일각 동안 단 한 명의 울황고수도 죽이지 못한 채 피하고 방어하기에만 급급했다.

이런 말도 되지 않는 집중 공격이 천검신문 태문주를 옴짝 달싹 못하게 꽁꽁 묶어버린 것이다.

어떤 싸움이든, 그리고 어떠한 위기 상황이든 돌파구라는 것이 있게 마련이다.

그런데도 기개세는 일각이 흐르도록 돌파구를 찾지 못하고 있었다. 돌파구라는 것이 아예 없는 것 같았다.

일각 전에 울황고수 두 명을 죽인 것을 끝으로 더 이상 한 명도 죽이지 못하고 있다.

'이건 말도 안 된다, 말도……'

그는 속으로 그 말만 되풀이하고 있는 중이다. 이제껏 그가 이처럼 참담한 지경에 빠진 적은 한 번도 없었다.

피하고 방어를 하기에 급급해서 공격을 할 틈이 없다. 그래서 적을 죽이지 못하는 것이다.

제아무리 기개세라고 하지만, 공격이 소나기, 아니, 그보다 몇 배 더 지독하게 쏟아지는 속에서는 공격은커녕 숨 한 번 제대로 쉴 틈마저도 없다.

울황고수는 무한겁하고는 비교 자체를 할 수 없다. 무한겁은 무림고수지만 울황고수는 군사이기 때문에 비교가 안 되는 것이다.

춘몽이 울전대를 '전귀'라고 했던 말이 생각났다. 그녀의 표현은 잘못됐다.

이들은 '전귀', 즉 '싸움 귀신' 따위가 아니다. '전신(戰神)', 즉 '싸움의 신'이라고 해야 맞는 말이다.

 한 명씩 각자 떨어져 있을 때에는 '전귀'고, 모여 있으면 '전신'인 것이다.

 '이대로 가다간 끝장이다.'

 마침내 기개세는 사태의 위급함을 절실하게 느꼈다.

 '균형을 깨야 한다.'

 아까부터 그 생각만 줄곧 하고 있는 그다.

 울황고수들은 얼핏 보기에는 극도로 혼란스러운 것 같지만 사실 빈틈없는 질서와 규칙을 유지하고 있다.

 기개세는 그것의 일각(一角)을 무너뜨려서 전체적인 틀을 뒤흔들어야겠다는 생각을 했다.

 틀이 무너지고 나면 자연히 균형이 깨진다. 여태까지의 균형은 울황고수들이 공격을 퍼붓고 기개세가 방어를 하는 것이었다.

 그런데 그 균형이 깨지면 그가 접근전으로 울황고수들을 상대하는 것이 훨씬 더 쉬워질 것이다.

 이들에게는 천신기혼을 발출하여 공격하는 것은 아예 씨도 먹히지 않는다.

 일각 동안 싸우면서 몇 차례 무형검과 절대신검으로 천신기혼을 발출했으나 그때마다 환망기출이라는 말도 되지 않는 수법에 의해서 역습을 당했다.
 즉, 환망기출이 천신기혼을 붙잡았다가 그 즉시 기개세에게 되돌려 주는 것이다.
 그러므로 천신기혼을 발출하는 것은 기개세가 자기 자신을 공격하는 것이나 다름이 없다.
 그나저나 울황고수들의 균형을 깨야 한다는 결론은 내렸는데 이제는 방법이 문제다.
 균형을 깨려면 어떤 방법이든 공격을 가해야 하는데 그럴 틈이 없다.
 호신막을 펼치면 공격을 막을 수는 있겠지만 그 자신도 공격을 할 수가 없게 된다.
 그는 양손의 무형검과 절대신검을 팔이 보이지 않을 정도로 휘두르면서 울황고수들의 공격을 막거나 피하며 재빨리 염두를 굴렸다.
 '내가 알고 있는 무공이 뭐가 있었지?'
 오랫동안 천신기혼만을 사용하다 보니까 예전에 연마했던 천검신문의 절학이나 여타 무공들은 까맣게 잊고 있었다.
 그는 지금이 바로 그것들이 필요한 때라고 직감했다. 자신이 알고 있는 것들을 다 쏟아내 볼 생각이다.
 '천진음파!'
 제일 먼저 생각난 것이 있다. 소리로써 적을 살상하거나 제압하는 천신록상의 절학이다.

 천진음파는 무음기공과 접음기공 두 가지가 있다. 무음기공은 소리를 발출하는 것이고, 접음기공은 물건을 이용하는 수법이다.

 기개세가 무형검이나 절대신검으로 발출한 천신기혼은 부피가 크기 때문에 환망기출에 쉽사리 걸려들었다.

 그러나 천진음파가 발출하는 음공은 그야말로 실보다 더 가늘고 한 명만을 표적으로 삼기 때문에 그 한 명이 환망기출 수법을 발휘하는 것은 결코 쉽지 않을 것이다.

 '좋아. 우선 그것으로 한다.'

 결정하자마자 그의 시선이 가장 가까이에 있는 전면의 울황고수의 얼굴로 향했다.

 순간 그의 입술이 보일 듯 말 듯 살짝 열리고 무형, 무음의 음파가 추호의 기척도 없이 뿜어졌다.

 그가 표적으로 삼은 울황고수는 아무것도 눈치채지 못한 얼굴이다.

 당연한 일이다. 천진음파의 음파를 감지한다면 그야말로 신이 아니겠는가.

 퍽!

 둔탁한 음향과 함께 표적으로 삼았던 울황고수가 뒤통수에서 피를 화살처럼 뿜으며 고개가 뒤로 확 젖혀졌다.

성공이다. 음파가 그의 왼쪽 눈을 관통해서 뒤통수로 빠져나간 것이다.

기개세는 일부러 눈을 겨냥했다. 천진음파는 한 자 두께의 쇠도 관통할 수 있기 때문에 울황고수가 쓰고 있는 철면이나 철갑도 간단하게 꿰뚫을 수 있다.

하지만 그것은 한두 명을 상대할 때 전개할 수 있지 다수를 상대로는 쓸데없는 공력의 낭비다. 꼭 죽일 수 있을 정도의 공력만 사용하면 되는 것이다.

스퍼퍼퍽!

기개세 전면에 늘어서 있던 울황고수 다섯 명이 천진음파에 의해서 연이어 눈과 뒤통수가 관통되어 피를 뿌리면서 나뒹굴었다.

울황고수들이 무더기로 집중 공격을 하다가 갑자기 고개가 뒤로 재깍 젖혀지면 천진음파에 당한 것이다.

천진음파는 성공을 거두고 있다. 기개세의 두 다리와 몸, 양손은 적의 공격을 피하거나 막는 데 사용되고 있지만, 입은 아무것도 하지 않고 있었는데 그것이 제 역할을 톡톡히 해내고 있다.

기개세는 불과 세 호흡 동안에 천진음파로 삼십여 명의 울황고수들을 황천으로 보냈다.

그 바람에 전면에서의 공격이 틈을 보이면서 균형이 무너지기 시작했다.

'이 기회를 놓치면 안 된다!'

휴우…….

양손의 무형검과 절대신검이 일 장 길이로 길어졌다. 천신기혼을 발출하는 것이 아니라, 천신기혼으로 검의 길이를 길게 만든 것이다.

원래 석 자 반 길이였던 무형검과 절대신검이 일 장 하고도 석 자 반의 길이로 늘어났다.

천신기혼을 발출하는 것이 아니라 검의 길이를 늘여서 그것으로 적의 몸을 직접 찌르거나 베면 울황고수가 환망기출 같은 수법을 사용하지 못할 것이라고 생각한 것이다.

"추(推)!"

기개세가 본격적인 공격을 시작하려는 순간 어디선가 갑자기 쩌렁쩌렁한 외침이 터졌다.

그는 외침의 주인을 보지는 못했으나 아마도 그자가 울전대의 우두머리인 울일신, 즉 울황태신(丂皇太神)일 것이라고 생각했다.

처처처처척!

스사사사사…….

명령이 떨어지자마자 갑자기 이상한 소리가 장내를 울렸다. 그와 동시에 울황고수들 모습이 한순간에 사라졌다.

아니, 사라진 것이 아니다. 아까 기개세가 허공에서 천신기혼을 발출했을 때 울황고수들이 뭔가를 머리 위에 펼친 검은 물체를 바로 지금 일제히 펼친 것이다.

다른 것이 있다면 아까는 머리 위에 펼쳤던 것을 지금은 앞쪽에 펼쳤다는 것이다.

변화는 그것만이 아니다. 울황고수들이 커다란 반원형의 진을 이루어 기개세를 향해 돌진해 오고 있는 것이다.

울황고수들이 몸 앞에 마치 방패처럼 펼친 것은 완만한 곡선의 커다란 방갓 같은 모습이다.

사백여 명이 그것을 한꺼번에 펼치니까 그들을 완전히 가렸고, 마치 하나의 길고 검은 담 같았다.

휘리리리……

또다시 기이한 음향이 나더니 담이 빠르게 높아졌다. 울황고수 어깨 위에 다른 울황고수가 올라서고 있는 것이다.

구우우.

그리고는 기개세를 한쪽 방향으로 밀어붙이기 시작했다.

기개세는 초조한 얼굴로 힐끗 뒤돌아보았다. 이 장쯤 뒤에 지붕 끝이 보였다.

울황고수들의 의도는 그를 지붕 아래 광장으로 떨어뜨리려는 것이 분명했다.

광장을 굽어보자 수많은 울황고수들이 대기하고 있었다.

기개세가 그곳으로 떨어진다면 여태까지보다 훨씬 지독한 상황에 처하게 될 것이다.

그를 몰아붙이고 있는 울황고수들이 만든 검은 담은 어느새 지붕에서 삼 장 높이가 됐다.

그렇다고 빠져나가지 못할 기개세가 아니다. 그는 가볍게 지붕을 박차고 위로 솟구쳤다.

울황고수가 형성한 담이 아무리 높아도 위가 뻥 뚫려 있기 때문에 벗어나는 것쯤이야 문제없다.

…라고 생각했으나 착각이었다. 위가 뚫려 있을 때에는 다 그만한 이유가 있었던 것이다.

그가 솟구쳐 오르자마자 기다렸다는 듯이 사방에서 철전이 소나기처럼 쏟아졌다.

이곳 전각보다 훨씬 더 높은 사방의 전각 지붕에 수천 명의 울황고수들이 서 있다가 일제히 철전을 발사한 것이다.

후우…….

기개세는 즉시 호신막을 펼쳐서 쏟아지는 철전을 막았으나 결국 다시 지붕으로 내려서야만 했다.

수천 발의 철전이 지니고 있는 위력이 수만 근의 무게이기 때문에 그것을 뚫고 솟구칠 수가 없었다.

지붕에 내려서자마자 담을 형성하고 있는 울황고수들이 해일처럼 밀려왔다.

이대로 지상으로 내려가면 정말로 나락으로 떨어지는 것이다. 어떻게든 그것만은 막아야 한다.
 후우…….
 그는 호신막을 만드느라 거두었던 무형검과 절대신검의 강기를 다시 만들어냈다.
 그와 동시에 울황고수의 담을 향해서 빛처럼 저돌적으로 부딪쳐 가며 쌍검을 휘둘렀다.
 쩌겅!
 일 장 석 자 반 길이의 쌍검이 엄청난 위력을 뿜어내며 부딪치자 담이 주르르 반 장쯤 뒤로 밀려갔다.
 하지만 단지 그것뿐 담이 쪼개지거나 울황고수가 죽는 일은 일어나지 않았다.
 기개세는 도대체 울황고수들이 방패로 삼고 있는 검은 장막이 무엇으로 만들어졌는지 궁금하기 짝이 없었다. 그러나 지금은 길게 생각할 겨를이 없었다.
 그는 물러서지 않고 연속적으로 쌍검을 맹렬하게 휘두르며 앞으로 전진했다.
 쩡! 쩌꺼겅!
 반 장, 일 장, 이 장……. 울황고수들이 조금씩 뒤로 밀려갔다.
 또한 쌍검의 위력이 워낙 강하기 때문에 그 충격으로 인해

입에서 피를 토하며 쓰러지는 자들도 생겨났다. 하지만 그 수는 십여 명에 불과했다.

그러나 어느 순간부터 기개세의 쌍검 공격에도 울황고수들은 더 이상 물러나지 않았다.

그들의 뒤쪽에 더 많은 울황고수들이 보강되어 처음보다 몇 배나 두터운 벽을 형성했기 때문이다.

울황고수는 이곳 지붕에 있는 사백오십여 명이 전부가 아니다. 마음만 먹으면 얼마든지 보충될 수 있다.

다른 전각 지붕에 있던 울황고수들이 속속 이곳으로 날아와 합세하기 시작한 것이다.

잠시 동안에 지붕에는 처음보다 다섯 배 이상의 울황고수들이 발 디딜 틈조차 없이 불어났다.

구우우…….

그들이 다시 기개세를 지붕 끝으로 밀어붙이기 시작했다.

그것만이 아니라 검은 장막 사이로 창과 도검을 찔러대면서 공격을 퍼붓기도 했다.

허공으로 솟구칠 수도 없고, 전방과 좌우로 나아갈 수도 없는 상황이다.

기개세는 점점 뒤로 밀렸다. 이대로 가다가는 지상으로 떨어지는 것은 시간문제다.

그렇게 되면 최악의 상황이 벌어진다. 문득 그는 '죽음'을 생각했다.

'죽을 수도 있다.'

태어나서 지금까지 한 번도 생각해 본 적이 없는 '죽음'이라는 것이 성큼 다가들었다.

죽음이 바로 코앞까지 닥쳤을 때 후회하는 것은 아무런 소용이 없다.

그런 상황이 되기 전에 온몸을 불사를 정도로 전력을 다하는 것이야말로 중요하다.

그렇게 해보고서도 이 상황이 불가항력이라면 그것이야말로 어쩔 수 없는 일이다. 인간의 힘으로 안 되는 것을 어쩌란 말인가.

그는 울전대와의 싸움에서 한 번도 해보지 않은 방법을 사용해 보기로 했다.

바로 마구잡이다.

슈욱!

결정을 내리는 것과 동시에 그는 전면을 향해 전속력으로 부딪쳐 갔다.

무형검은 없애고 절대신검 한 자루만을 움켜쥔 채 온몸을 적에게 내던졌다.

울황고수들이 사용하고 있는 검은 장막이 얼마나 강한지는 모르지만, 강기가 아니라 절대신검으로도 잘라지지 않는다고는 생각하지 않는다.

검은 장막의 담은 기개세가 부딪쳐 오자 순식간에 예의 버섯 같은 형태를 만들었다.

그가 강기를 발출하든 몸으로 부딪치든 모조리 튕겨내겠다는 뜻이다.

기개세는 온몸과 절대신검에 천신기혼을 극한으로 주입한 상태에서 검은 장막의 담과 무지막지하게 충돌하며 검을 좌에서 우로 힘차게 그어댔다.

쩍!

메마른 거목이 벼락에 맞아서 쪼개지는 음향이 터졌다.

그리고는 검은 장막이 베어지면서 그 너머에 있던 두 명의 울황고수가 몸통이 절반으로 잘라졌다.

기개세는 검은 장막을 베는 순간 손목과 팔에 은은한 통증을 느꼈다.

절대신검은 금석을 두부처럼 자르는 희대의 보검이다. 그런 보검으로, 그리고 천신기혼을 극한으로 주입했는데도 검은 장막 두 개를 베고 울황고수 두 명을 죽이는 것에 그쳤을 뿐이다.

그리고 손목과 팔에 묵직한 통증을 느꼈다. 검은 장막은 예상했던 것보다 더 강했다.

하지만 그는 추호도 주눅 들지 않았으며 절대신검을 휘두르는 것을 멈추지도 않았다.

절대신검이 먹힌다는 것과 이것이 어쩌면 마지막 기회일 것이라는 생각이 들었기 때문이다.

그는 자신이 자른 두 개의 검은 장막이 다시 메워지기 전에 번개같이 앞으로 돌진하며 절대신검을 휘둘렀다.

쩌걱!

이번에는 한 개의 장막을 자르고 한 명의 울황고수밖에 죽이지 못했다.

하지만 멈추지 않고 무너지기 시작한 검은 장막의 담 안쪽으로 뛰어들며 맹렬히 절대신검을 휘둘렀다.

절대신검에서 펼쳐지고 있는 검법은 낙성북두검법이다. 적들이 지척에 있을 때에는 더할 나위 없이 훌륭한 검법이다.

오랫동안 사용하지 않았으나 그에게서 전개되자 낙성북두검법의 진가가 유감없이 발휘되었다.

쩌쩌쩍! 퍼퍼퍽!

"크흑!"

"흐악!"

장막이 연이어서 잘라지고 울황고수들이 피를 뿌리면서 거꾸러졌다.

기개세는 손아귀와 손목, 팔이 찌릿찌릿하면서 아팠으나 멈추지 않았다.

그는 어느새 장막의 한쪽을 깨고 안쪽으로 깊숙이 파고들면서 신들린 듯이 절대신검을 휘두르고 있었다.

한 걸음씩 전진하면서 전후좌우 가리지 않고 닥치는 대로 장막을 자르고 울황고수를 죽였다.

그렇게 울전대의 균형이 깨지고 있었다. 균형이 깨지면 울전대는 그저 울황고수들의 집합체일 뿐이다. 그들이 강한 이유는 질서있는 균형이기 때문이다.

그때 갑자기 기개세 주위에 있던 울황고수들 이십여 명이 작은 원을 만들어 포위하면서 검은 장막을 앞세워 그를 밀어붙였다.

울황고수들은 기개세의 절대신검이 장막을 자르기는 하지만 힘에 부친다는 사실을 간파한 듯했다.

쩌저쩍!

기개세는 힘차게 절대신검을 휘둘러 장막 세 개와 세 명의 울황고수 몸통을 자르면서 작은 포위망을 뚫었다.

"해보자는 거냐!"

그가 쩌렁하게 외치며 짓쳐 나가자 앞쪽을 또 다른 장막이 가로막았다.

투앙!

이를 악물고 맹렬하게 절대신검을 휘두르는데 머리 위에서 폭음이 터졌다. 쳐다보지 않고도 머리 위에서 철전이 발사됐다는 사실을 깨달았다.

즉시 머리 위에 호신막을 만들어 우산처럼 씌웠다.

가가각!

전면을 그어댄 절대신검이 장막을 하나도 자르지 못하고 튕겨졌다.

머리 위에 호신막을 만드느라 천신기혼을 분산시켰기 때문에 절대신검이 약해진 것이다.

그는 계속 전진하면서 몇 차례 더 절대신검을 휘둘렀으나 역시 머리 위에 호신막을 만든 상태에서는 장막을 하나도 베지 못했다.

그런데 머리 위에서는 철전이 계속 쏟아졌다. 수십 발이 아니라 수백, 아니, 수천 발이다.

그 정도면 호신막으로 버티는 데에도 한계가 있다. 무슨 조치를 취하지 않으면 호신막이 찢어지고 말 터이다.

더구나 절대신검으로 장막을 자르지 못하는 상황이 계속되자 울황고수들이 장막 사이로 공격을 개시했다.

기개세는 더 이상 전진을 못하는 상황에 처했다. 그런데 머리 위에서는 수천 발의 철전이 쏟아지고, 겹겹이 포위한 울황고수들의 창과 도검이 한 치의 틈도 없이 그의 전신을 찌르고 베어왔다.

이제 그는 한 걸음도 나아가지 못하는 상황에서 머리 위에는 호신막을 펼치고, 절대신검으로는 적의 공격을 막아야 하는 상황에 처하고 말았다.

'이런 빌어먹을! 화살 때문에 꼼짝을 못하겠군!'

잊고 있었던 욕이 목구멍까지 치밀어 올랐다. 절대신검을 움켜쥔 손아귀가 찢어져서 피가 흘렀으나 그는 전혀 깨닫지 못하고 있었다. 적의 장막을 깨뜨리는 과정에서 손아귀가 찢어진 것이다.

그는 한차례 숨을 들이마셨다가 복부에 힘을 주고 한순간 입을 크게 벌렸다.

"갈(喝)—!"

천진음파의 최고봉인 천신후(天神吼)를 발휘했다.

사자후는 귀로 파고들어 가서 고막을 터뜨리고 혈맥과 장기를 파괴한다.

하지만 천신후는 귀뿐만 아니라 모공으로도 파고들기 때문에 귀를 막아도 소용이 없다.

순간 기개세 주위에 있던 수백 명의 울황고수들이 갑자기 뚝 동작을 멈추었다.

그들 중에서도 기개세를 중심으로 가장 가까운 일 장 이내에 있던 울황고수들은 칠공에서 피를 쏟으면서 그 자리에 풀썩풀썩 쓰러졌다.

그리고 이 장 이내에 있던 자들은 입에서 피를 쏟으며 금방이라도 쓰러질 듯이 심하게 비틀거렸으며, 삼 장 이내에 있는 자들은 가볍게 비틀거렸다.

더 멀리 있는 자들은 기혈이 뒤엉키고 정신이 멍해져서 그 자리에서 몸이 굳어버렸다.

천신후 한 번으로 일 장 이내에 있던 이십여 명이 그 자리에서 즉사했다.

파앗!

기개세는 절호의 기회를 놓치지 않고 즉시 한쪽 방향으로 전력을 다해서 비스듬히 신형을 솟구쳤다.

이곳 지붕 위에서 울황고수를 몇십 명쯤 더 죽인다고 해봤자 변하는 것은 없다.

이곳을 벗어나지 않는 한 죽음의 위험은 그림자처럼 그에게 달라붙어 있을 것이다.

그래서 탈출하기로 결정했다. 무슨 수를 써서라도 울전대의 사정권에서 벗어나기만 하면 되기 때문이다.

솟구쳐 오르는데 그는 갑자기 비분(悲憤)을 느꼈다.

이번 자금성 급습은 실패했다. 두 번에 걸친 자금성 급습이 모두 실패한 것이다.

그리고 너무도 절친한 유석과 손진을 잃었다. 모용군하고는 아직 친하지 않지만 그 역시 육대명왕이다.

더구나 기개세 자신은 사지에 혼자 남겨진 채 고군분투를 벌이고 있다.

 여기에서 벗어나지 못하면 죽는다. 여태 죽음이란 남의 일인 줄만 알았지 자신의 목전에 닥칠 줄은 터럭만큼도 생각해 본 적이 없었다.

 그런 여러 가지 생각들이 갑자기 떠올라서 그를 아주 비참하게 만들었다.

 그가 쏘아가는 방향은 직선거리로 자금성의 담이 가장 가까운 곳이다.

 가깝다고 해봐야 적어도 삼백여 장 이상의 거리다. 소나기를 방불케 하는 철전우(鐵箭雨)를 뚫고 담까지 갈 수 있을지는 미지수다.

 그렇지만 그는 반드시 가야만 한다. 가지 못한다면 이곳에 뼈를 묻을 가능성이 절반 이상이다.

 콰아아아—

 철전이 밤하늘을 뒤덮은 채 쏘아 내리는 소리가 마치 폭포 같았다.

 기개세가 지붕에서 도약하자 여태까지와는 비교도 되지 않을 정도의 철전이 맹렬하게 쏟아졌다.

 그것은 마치 하늘에 날카로운 화살촉으로 이루어진 천장이 덮여 있는 듯한 광경이었다.

 기개세는 호신막을 펼치지 않았다. 수많은 철전들이 호신막을 강타하면 충격 때문에 위로 상승할 수 없기 때문이다.

 그렇기 때문에 자신의 한 몸을 향해 쏟아지는 수천 발의 철전들을 순전히 검으로만 쳐내야 하는 것이다.

 스응…….

 그는 왼손에 무형검을 만들어내어 양손의 검으로 철전들을 쳐내기 시작했다.

第百五十二章

사경에 처하다

대사부

콰앙!

지상에서 천둥소리가 터졌다. 지상에 있던 울황고수들도 기개세를 향해 철전을 일제히 발사한 것이다.

호신막을 펼쳤다면 문제될 것이 없으나, 그렇지 않은 상황에서는 기개세가 수천 발의 철전들을 일일이 다 검으로 쳐내야만 한다.

보통 활을 쏘면 천 발 중에서 표적에 맞는 것은 백 발도 채 되지 않는다. 그런데 울전대의 철전은 단 한 발도 빗나가는 것이 없다. 그래서 기개세를 더욱 괴롭혔다.

콰자자자작!

기개세의 무형검과 절대신검에 의해서 수많은 철전들이 마구 튕겨져 나갔다.

그는 정신을 바짝 차리고 미친 듯이 쌍검을 휘둘렀다. 자칫 철전 하나라도 놓치면 그것이 치명적일 수도 있다.

'으으……'

위에서 쏟아져 내리는 철전만으로도 힘겨운데, 아래에서까지 쏘아 오르고 있으니 아주 죽을 맛이다.

팍!

그때 왼쪽 엉덩이 아래 허벅지가 따끔했다. 철전에 맞은 것이다.

허벅지를 돌아볼 겨를이 없다. 그러나 철전이 허벅지에 꽂혀 있는 느낌이 없다. 맞고 튕겨 나간 모양이다.

그는 현재 천신여의지경을 팔경까지 이룬 상태다. 십경, 즉 극성에 이르면 금강불괴지신이 되지만 팔경에 이르렀기 때문에 신체가 어느 정도는 단단해져 있다. 물론 금강불괴지신하고는 현격한 차이가 있다.

금강불괴지신은 그 어떤 무기로도 몸에 작은 흠집조차 낼 수가 없다.

그러나 팔경은 제대로 된 보검이나 보도에 정통으로 적중되면 여지없이 꿰뚫리고 잘라지고 만다. 말하자면 금강불괴지신 흉내만 겨우 내는 수준인 것이다.

팔경과 십경은 숫자상으로는 불과 이 경의 차이지만 현실의 차이는 엄청나다.

하지만 철전은 기개세의 허벅지에 꽂히지 못했다. 단지 손가락 한 마디 깊이의 상처를 입히고 튕겨 나갔다. 보통 화살이었으면 살갗에 상처를 내는 정도에 그쳤을 것이다. 허벅지 상처에서 피가 많이 흐르고 있었다.

'그렇지!'

그때 문득 기개세는 한 가지 기발한 생각이 떠올랐다. 그 즉시 그는 발아래에 호신막을 펼쳤다.

머리 위에 호신막을 펼치면 철전들이 적중되는 충격 때문에 상승을 할 수가 없다.

그것을 반대로 적용하면, 발아래에 호신막을 펼쳐서 지상에서 쏘아 오르는 철전들이 거기에 적중되면 몸이 더욱 빠르게 상승할 것이 아닌가.

콰콰콰아아―

과연 기개세의 발상은 적중했다. 수천 발의 철전들이 발아래 호신막에 적중되자 그의 몸이 갑자기 쏜살같이 위로 치솟아오르기 시작했다. 또한 아래에서 쏘아 오르는 철전들을 더 이상 염려하지 않아도 되니까 일석이조의 효과다.

어느덧 그는 지상으로부터 칠팔 장 높이까지 솟구쳐 올라 자금성의 높은 외벽까지는 백오십여 장을 남겨둔 곳까지 이르렀다.
그런데 기개세는 자신이 쏘아가고 있는 외벽을 쳐다보다가 어이없다는 표정을 지었다.
'저놈은?'
저 멀리 높은 외벽 위에는 울황고수들이 길게 늘어서 있으며, 그중에 울황고수하고는 복장이 전혀 다른 한 인물을 발견한 것이다.
울황고수들은 검은 복장에 검은 철갑을 하고 있는데, 그들 사이에 눈에 확 띄는 흰 백삼을 입은 자가 서 있었다.
또한 백삼인의 왼팔 소매가 바람에 펄럭이고 있는 것이 기개세의 시야에 쏘아져 들어왔다.
'남궁산!'
그자는 다름 아닌 남궁산이다. 기개세가 쌍검으로 부지런히 철전들을 쳐내면서 몇 번이나 힐끔힐끔 쳐다보며 확인을 해도 남궁산이 틀림없다.
'저놈이 왜 저런 곳에……'
그러다가 그는 남궁산 옆에 한 인물이 우뚝 서 있는 것을 발견했다.
다른 울황고수와는 달리 얼굴을 철면으로 가리지 않았고 철갑을 두르지도 않았다.

장대한 체구인데 왼쪽 허리에 한 자루 도를 찼으며, 홍의를 입고 바닥에 끌릴 정도의 긴 견폐(肩蔽:망토)를 둘렀는데 일견하기에도 보통 인물이 아닌 듯했다.

기개세는 홍의인이 율전대의 우두머리, 즉 율황태신일 것이라고 추측했다.

그런데 어째서 율황태신이 남궁산 같은 놈하고 나란히 서 있는 것인지 모를 일이다.

"……!"

그 순간 기개세의 뇌리를 번쩍 스치는 것이 있다.

'설마 저놈이 항세검을!'

여러 정황으로 미루어 봤을 때 그럴 가능성이 크다.

율가륵이 죽은 이후 꼼짝도 하지 않던 율전대가 갑자기 움직인 것도 그렇고, 남궁산이 이곳에 나타난 것이나 율황태신이 남궁산 옆에 서 있는 것 또한 그렇다. 항세검이 있어야지만 율전대를 움직일 수가 있다.

남궁산이 항세검을 지니고 있다니, 도저히 있을 수도 있어서도 안 되는 일이다.

그때 기개세는 우연히 남궁산과 정면으로 시선이 마주쳤다. 그런데 남궁산 입가에 흐릿한 한줄기 미소가 떠올라 있는 것이 아닌가.

득의함으로 가득한 조소다. 율전대에게 집중 공격을 당하면서 허우적거리고 있는 기개세에게 보내는 명백한 승리자의 조소가 분명했다.

기개세는 발끈했다.

'저 자식이!'

팍!

"윽!"

그때 왼쪽 등이 화끈했다. 철전에 맞았다. 이번에는 철전이 손가락 한 마디 반 깊이로 등에 꽂혔다.

남궁산을 발견하고 충격을 받아 순간적으로 흐트러진 대가가 즉시 치러졌다.

기개세는 온몸에 호신막을 치고는 손을 뻗어 등의 철전을 뽑았다.

콰콰콰콰—

사방에서 쏟아지는 철전이 폭포처럼 호신막을 두드렸다. 하지만 지상에서는 더 이상 철전을 발사하지 않았다. 그를 지상으로 끌어내리려는 의도다.

호신막이 수천 발의 철전들을 막아주기는 하지만, 호신막 안에 갇힌 기개세는 점차 지상으로 하강했다.

그는 남궁산을 쏘아보았다. 남궁산이 조금 전보다 더 짙은 비웃음을 머금은 채 굽어보고 있는 것을 발견하고 속에서 꿈틀 울화가 치밀었다.

순간 기개세는 갑자기 호신막을 걷고 전력을 다해서 남궁산을 향해 쏘아 올랐다.

카카카카캉!

양손의 무형검과 절대신검으로 쏟아지는 철전들을 튕겨내면서 남궁산을 향해 쏘아갔다.

남궁산과 같은 높이에 십여 장 거리까지 이르렀을 때 그는 입을 살짝 벌리고 천진음파를 발출했다.

남궁산은 기개세가 느닷없이 자신을 향해 쏘아오자 움찔 놀라는 표정을 지었다.

기개세의 실력을 알기 때문에 본능적으로 놀란 것이다. 또한 옆에 있는 울황태신과 울황고수들이 자신을 지켜줄 수 있을지 문득 의구심이 들었다.

그는 자신과 같은 높이 십여 장 전면에서 쏘아오는 기개세를 보면서 몸을 움츠렸다. 하지만 이곳은 담 위라서 도망칠 곳이 없다.

그는 기개세가 수중의 검으로 검강 같은 것을 발출할 것이라고만 생각했지, 천진음파 같은 수법을 사용할 것이라고는 추호도 예상하지 못했다.

기개세는 천진음파가 남궁산의 목줄기를 꿰뚫는 순간 그 기회를 이용하여 그의 머리 위를 날아 넘어서 탈출하려는 계획을 세웠다.

거리가 칠팔 장으로 좁혀들자 그는 재빨리 수중의 쌍검을 들어 올리며 울황태신과 울황고수들을 공격하려고 했다.

그때 울황태신이 긴 견폐 자락을 활짝 펼쳐서 남궁산을 가로막았다.

팍!

무형무음의 천진음파는 견폐에 맞아 간단하게 튕겨졌다.

기개세는 울황태신이 천진음파를 간파했다는 것과 그것을 너무도 쉽게 막아낸 것에 적잖이 놀랐다.

그것을 보고 남궁산은 움찔 놀랐다. 기개세가 공격한 것조차 모르고 있었으니 놀라는 것이 당연하다.

그 순간 남궁산과 울황태신 좌우에 늘어서 있던 울황고수들이 일제히 기개세를 향해 몸을 날렸다.

그와 동시에 손에 쥐고 있던 하나의 물체를 기개세를 향해 내던졌다.

그 물체는 두 자 길이에 손목 굵기의 새카만 흑봉(黑棒)인데, 수백 개가 기개세를 향해 쏘아오며 흑광을 번뜩였다.

기개세는 의아한 생각이 들었다. 흑봉은 그저 막대기처럼 보일 뿐이고, 또한 그것이 위협적이라는 생각이 추호도 들지 않았기 때문이다.

게다가 흑봉들은 기개세의 머리 위나 주변으로 무질서하게 어지러이 날아왔는데 딱히 위협을 느낄 정도의 위세가 아니었다.

촤라라라라―!

그런데 어느 한순간 흑봉들이 갑자기 변화를 일으켰다.

단단한 막대기의 형태였던 것이 돌연 쫙 펼쳐지면서 커다란 방갓 모양으로 변했다.

그뿐 아니라 그것들이 서로 겹쳐지고 이어지면서 순식간에 하나의 커다란 둥근 장막으로 돌변했다.

"……!"

기개세는 움찔 놀랐다. 그는 울황고수들이 지니고 있던 검은 장막의 비밀을 방금 알게 되었다.

흑봉은 하나의 장치로써 평상시에는 막대기 모양이지만 모종의 수작을 가하면 순식간에 펼쳐져서 방갓 모양으로 변환하는 것이다.

또한 그것들의 가장자리는 다른 것들과 쉽게 연결하도록 되어 있어서 서로 잇대거나 겹쳐지면 훌륭한 방패 혹은 그물이 되는 것이다.

그뿐 아니라 그것들에 묶인 가늘면서도 매우 질긴 강사(鋼絲)가 울황고수와 연결되어 있어서 자유자재로 조종할 수 있게 되었다.

어쨌든 수백 개의 장막, 아니, 방패가 기개세의 머리 위와 주변을 이삼 장 거리를 두고 겹겹이 둘러싸 버렸다.

결국 기개세는 남궁산과 일 장을 남겨놓은 상태에서 방패들에 둘러싸이고 말았다.

여기까지 와서 포기할 수 없다고 생각한 그는 무형검과 절대신검으로 힘차게 전면의 방패를 그어댔다.

파파팍!

하지만 두 자루 검은 방패를 자르지 못하고 튕겨졌다. 어쩌면 하나 정도는 잘랐을지도 모른다.

그러나 방패가 여러 겹이다 보니까 완전히 자르지 못하고 튕겨진 것이다.

'이런······.'

이제는 남궁산을 죽이거나 탈출을 하는 것이 아니라 갇혀버린 방패에서 벗어나는 것이 급선무가 돼버렸다.

파아악!

무형검을 없애 버리고 절대신검에 천신기혼을 극한으로 주입하여 두 손으로 잡고 힘껏 세로로 그어 내렸다.

방패 세 개가 한꺼번에 세로로 갈라지면서 밖이 보였다.

그러나 기개세가 그 틈으로 탈출하기도 전에 다른 방패 여러 개가 틈을 메워 버렸다.

그러더니 사방의 방패막이 빠르게 좁혀들기 시작했다. 그대로 있다가는 방패막 안에 갇히는 것은 둘째 치고라도 방패에 둘둘 말려 버리고 말 것이다.

방패막은 점점 좁혀지면서 아래로 하강하고 있지만 기개세로선 어떻게 해볼 방법이 없었다.

결국 그는 방패막에 완전히 감싸이고 말았다. 거적에 둘둘 말린 것처럼 꼼짝도 못하는 신세가 된 것이다.

쿵!

이어서 그는 바닥에 둔중하게 떨어졌다. 그렇지만 장작처럼 뻣뻣한 상태로 누워 있을 뿐이다.

그의 온몸을 수십 겹으로 감싸고 있는 방패 때문에 마치 커다란 통나무가 쓰러져 있는 듯한 광경이다.

분통이 터질 것만 같았다. 꼼짝 못하는 신세가 됐다는 이유도 있지만, 평소에 유아독존(唯我獨尊)이라고 자신만만했던 자신이 이런 꼴이 됐다는 사실을 인정할 수 없었기 때문이다.

하지만 지금 같은 때에 분노는 백해무익하다는 것을 곧 깨달았다.

그는 마음을 가라앉히려고 애썼다. 호랑이 굴에 들어가도 정신만 차리면 살 수 있다고 했다.

가장 먼저 떠오르는 생각이 방패막 때문에 적들도 그를 공격하지 못할 것이라는 사실이다. 그를 옭아맨 방패막이 반대로 그를 보호하고 있는 웃지 못할 상황이 됐다.

하지만 적들이 언제까지나 이 상태로 놔두지는 않을 것이다. 기개세를 제압하거나 죽이기 위해서 곧 방패막을 거둘 테니 그때를 대비해야 한다.

'이놈들……'

그는 마음을 가라앉히고 눈을 감았다. 방패막이 거두어지는 순간 공격을 당하지 않고 오히려 역공을 가하려고 마음의 준비를 단단히 했다.

역공을 가하자마자 수직으로 높이 솟구쳐서 탈출을 하면 오히려 적의 허를 찌를 수도 있을 것이다.

지금 바깥의 상황이 어떤지 전혀 알 수가 없다. 방패막이 소리까지도 차단을 했는지 아무 소리도 들리지 않는다.

그러나 언젠가는 방패막이 벗겨질 것이다. 기개세는 그것에 대비를 하고 있었다.

사실 그는 천신여의지경을 전개할 생각이었다. 아직 극성으로 터득하지는 못했으나 팔경에 이른 천신여의지경이라면 웬만큼 위력을 발휘할 것이다.

다만 아직 미숙한 천신여의지경이기 때문에 전개하고 나면 어떤 상황이 벌어질지 모르고 있었다.

천신여의지경은 체내에서만 연마하는 것이어서 한 번도 전개해 본 적이 없는 탓이다.

"……!"

그런데 기개세는 문득 몸이 따스해지는 것을 느꼈다. 그래서 순간적으로 자신이 천신여의지경을 끌어올렸기 때문인가

하고 생각했으나 곧 천신여의지경과 온도와는 아무런 상관이 없음을 깨달았다.

그러는 사이에 따스함이 점차 뜨거움으로 변하기 시작했다.

'설마……'

순간 기개세는 불길함이 엄습했다. 적들이 방패막에 불을 질렀을지도 모른다는 생각이 든 것이다.

만약 방패막에 기름을 부어서 불을 질렀다면 기개세는 안에 갇힌 상태에서 아무것도 못한 채 영락없이 통구이가 돼버리고 말 것이다.

갑자기 기개세는 눈앞이 캄캄해졌다. 여태껏 살아오면서 수많은 곤경에 처했었지만 지금처럼 절망적인 상황은 한 번도 없었다.

오죽했으면 지금 이 상황이 현실이 아닐지도 모른다는 생각마저 들었다.

죽음이 이처럼 급작스럽게, 그리고 어이없이 들이닥칠 줄은 예상하지 못했기 때문이다.

'안 돼… 이대로 죽을 수는 없다.'

죽음이란 이렇게 장난처럼 오는 것인가? 아무런 준비도 하지 않은 상태에서 불청객처럼 급작스럽게 들이닥치는 것이란 말인가?

그는 몸을 움직이면서 내심 중얼거렸다. 하지만 의지와는 달리 몸은 꼼짝도 하지 않았다.

그러는 사이에도 몸이 점점 더 뜨거워져서 견딜 수 없는 상태에까지 이르렀다.

'이… 런 빌어먹을……'

열이 가해지니까 방패막이 더 오그라드는 것 같았다. 입술조차 달싹거릴 수가 없게 되었다.

이제 죽는 것은 기정사실이 된 것 같다. 어떻게 해볼 수 있는 방법이 없다.

아무리 머리가 터지도록 궁리해 봤지만, 평소에는 그토록 잘 돌아가던 두뇌가 지금은 텅 비어져서 아무것도 생각나지 않았다.

전설의 천검신문 태문주가 이렇게 손가락 하나 까딱하지 못하고 돌돌 말린 채 쪄 죽다니 개가 웃을 일이다.

'크으으……'

지독하게 뜨거웠다. 뭐라고 표현할 수가 없다. 지금의 고통은 그 무엇과도 비교할 수가 없다.

이 세상에 존재하는 수많은 고통 중에서 이것이 가장 극심할 것 같았다.

뜨거운 것은 참을 수 있겠으나 꼼짝도 하지 못하는 답답함 때문에 머리가 돌아버릴 지경이다.

움직이지 못한다는 것이 이토록 고통스러운 것이라는 사

실을 깨닫는 순간에 그는 죽어가고 있었다.

화라락!

그런데 바로 그 순간이다. 느닷없이 방패막이 확 펼쳐지면서 졸지에 상황이 변해 버렸다.

너무나 갑작스럽게 벌어진 일이라서 현실처럼 여겨지지 않을 정도다.

한꺼번에 여러 가지 것들이 느껴졌다. 뜨거움이 일시에 사라져 버린 것. 꽉 옥죄던 몸이 자유로워진 것. 그리고 확 몰아치는 차갑고도 신선한 바람.

그렇지만 아직 정신은 몽롱한 상태다. 펄펄 끓는 물속에 있다가 갑자기 얼음물 속에 들어간 느낌 같은 것이다.

그때 누워 있는 그의 시야에 갑자기 무엇인가, 아니, 사람의 모습이 확 쏘아져 들어왔다.

'아미! 비아!'

그렇다. 언제 나타났는지 아미와 독고비가 기개세의 좌우 양쪽에서 치열하게 울황고수들과 싸우고 있었다.

그 순간 기개세는 어떻게 된 영문인지 깨달았다. 그녀들이 자신을 구해준 것이다.

사지에서 도망치라고 자금성 밖으로 힘껏 던져 주었던 그녀들이 남편을 구하려고 다시 돌아온 것이다.

기개세는 가슴이 콱 막혔다. 가슴속에서 콸콸 커다란 소리를 내면서 눈물의 강이 흐르는 것 같았다.

아미와 독고비는 울전대가 기개세에게 신경을 쏟고 있는 사이에 느닷없이 들이닥친 듯했다.

그러지 않았으면 그녀들의 능력으로는 결코 울전대를 뚫고 들어오지 못했을 것이다.

필경 그녀들은 울황고수들이 기개세에게 정신을 팔고 있을 때 쏜살같이 내리꽂혀서 불타고 있는 방패막을 풀어 그를 구했을 것이다.

하지만 그녀들이 이곳에서 무사히 나갈 수 있을지는 오직 하늘만이 알고 있을 뿐이다.

"대가! 무사한가요?"

그때 기개세의 왼쪽에서 등을 보인 채 거의 실성한 사람처럼 검을 휘두르면서 울황고수들과 싸우고 있는 독고비가 뒤돌아보지 않은 채 물었다. 그녀의 목소리에는 초조함이 짙게 배어 있었다.

기개세는 정신이 번쩍 드는 것과 동시에 튕기듯이 몸을 일으켰다.

"나는 괜찮다."

그의 몸에서는 뜨거운 김이 무럭무럭 피어났다. 직접 불에 닿지 않았기 때문에 옷은 타지 않았으나 온몸이 땀으로 흠뻑 젖은 상태다.

그는 재빨리 주위를 살펴보았다. 아미와 독고비의 전면과 좌우에서 셀 수도 없을 정도로 많은 울황고수들이 예의 그들만의 독특한 진열을 이룬 상태에서 두 여자를 맹공격하고 있었다.

현재 두 여자 다 고전을 면치 못하고 있었는데, 그나마 아미가 조금 형편이 나은 편이었다.

독고비는 언제 피를 뿌리며 쓰러져도 이상하지 않을 만큼 위태위태한 상황이다.

무림에서는 절정고수의 반열에 오른 그녀가 울전대에게는, 아니, 울황고수들의 완벽한 협공에 맥을 못 추고 있었다.

기개세의 발아래에는 방금 전까지 그의 몸을 칭칭 옭아 묶었던 방패막이 어지럽게 널려 있었다.

문득 방패와 방패를 연결한 가느다란 강사가 모조리 끊어져 있는 것이 그의 시야에 들어왔다.

번뜩 무슨 생각이 든 그는 즉시 방패 몇 개와 가느다란 강사 몇 오라기를 집어들었다.

[아미, 비야, 이리 와라.]

그의 심어를 듣고 아미와 독고비가 뒷걸음질쳐서 그에게 다가왔다.

그는 호신막을 펼쳐서 자신과 그녀들 주위에 쳤다. 울황고수들이 호신막을 깨뜨리려고 무차별 공격을 퍼부었으나 그는 개의치 않고 그녀들의 상체 앞뒤에 방패를 대고 강사로 단단

사경에 처하다 137

하게 묶어주었다.

이어서 자신도 그녀들처럼 방패를 앞뒤로 댔다. 방패는 그다지 두껍지 않아서 상체 앞뒤에 대도 단지 옷을 한 벌 더 입은 듯한 느낌일 뿐이다.

절대신검에 천신기혼을 주입해서 힘껏 그어야만 잘라질 정도로 단단한 방패다.

그러므로 그것을 착용하고 있으면 두 여자와 자신을 웬만큼 보호해 줄 것이라는 생각이 들었다.

기개세는 그녀들과 등을 맞대고 세 방향을 향해 선 후에 호신막을 거두었다.

순간 기다렸다는 듯이 울황고수들의 공격이 소나기처럼 쏟아졌다.

이곳은 지붕이 아니라 드넓은 광장 한복판이기 때문에 공격하는 울황고수의 수가 지붕하고는 비교도 할 수 없을 정도로 많았다.

기개세는 두 여자와 등을 맞댄 채 수중의 절대신검을 휘둘러 방어를 하면서 부지런히 염두를 굴렸다.

공격을 하자면 앞으로 전진을 해야 하는데, 그러면 아미와 독고비하고 떨어져야 하니까 그럴 수가 없는 상황이라서 공격해 오는 적들만 상대하고 있는 형편이다.

아미와 독고비 역시 다르지 않아서 방어만 하고 있다. 아니, 그녀들은 방어를 하기에도 버거운 상황이다.

적진 한복판에서 이런 식으로 싸우는 것은 불리하기 짝이 없는 일이다.

적들은 급할 것이 없고, 기개세 일행은 갈수록 힘이 빠질 것이기 때문에 종국에는 기개세 일행이 낭패를 모면하지 못할 것이다.

아까 얼핏 봤는데 광장이나 태화전 근처에서는 금의위나 황궁시위대, 그리고 울군사들의 모습이 보이지 않았다. 울전대가 출현한 것을 보고는 지레 겁을 집어먹고 달아난 것이 분명하다.

'탈출하는 것이 불가능하다면 우리에게 유리한 장소로 이동해야 한다.'

장소가 협소하면 협소할수록 공격당하는 위력이 그만큼 감소할 것이다.

그는 방어를 하면서 재빨리 주위를 둘러보았다. 광장은 폭이 이백여 장에 달할 정도로 매우 넓었다.

그런데 그들이 있는 곳은 자금성의 바깥쪽 담에서 십여 장쯤 떨어진 곳이다.

이곳에서 담 건너편에 있는 여러 전각들까지는 거의 이백여 장에 달하고, 담 양쪽의 전각은 각각 칠십여 장과 백여 장의 거리다.

차차차창! 채채챙!

무기끼리 부딪치는 소리가 광장 허공으로 흩어지고 있다.

기개세는 문득 담까지 접근했다가 담을 부수고 탈출을 하면 어떨까 하고 생각해 보았다.

담이 꽤 단단하고 두껍겠지만 그 정도 부수는 것은 일도 아닐 것이다.

하지만 그는 곧 그 생각을 접었다. 자신이 생각했다면 적도 같은 생각을 하고 있을 것이다.

그러므로 기개세가 담으로 접근하려 한다면 울전대가 전력으로 막을 것이다. 그렇지 않아도 담 쪽 방향에 울황고수들이 집중되어 있다.

아미와 독고비는 전력을 다해서 방어하고 있지만 그사이에 몸 여기저기에 여러 차례 적의 도검에 찔리고 베었다. 하지만 그리 큰 상처는 아니다.

만약 기개세가 그녀들의 몸에 방패를 덧씌워 주지 않았다면 이미 큰 부상을 입거나 죽었을지도 모른다.

그녀들은 기개세를 도와주러 죽음을 각오하고 왔는데 오히려 짐이 되고 있다.

하지만 그녀들이 아니었으면 지금쯤 기개세는 방패막 안에 갇힌 채 쪄 죽었을지도 모른다.

기개세와 그녀들은 영적으로 통하기 때문에 그가 위급한

상황에 처한 것을 알고 구하러 온 것이다.

"아……."

그때 독고비가 나직한 신음을 흘리며 뒤로 물러나다가 기개세, 아미와 몸 뒤를 부딪쳤다.

기개세가 그녀를 힐끗 쳐다보니 왼쪽 허벅지를 가로로 베어 새빨간 피가 흐르고 있었다.

그녀는 상처를 입더라도 기개세에게 걱정을 끼치고 싶지 않아서 비명이나 신음 소리를 내지 않겠다고 작정했었는데 워낙 아파서 자신도 모르게 신음이 새어나온 것이다.

[괜찮아요.]

그녀는 기개세와 아미에게서 얼른 등을 떼고 앞으로 한 걸음 나서는데 마음과는 달리 왼발을 심하게 절룩거렸다.

기개세는 마음이 초조해졌다. 독고비가 다친 것이 자신이 다친 것보다 비교할 수 없을 만큼 고통스러웠다.

그러나 이것은 시작이다. 이제 곧 독고비는 더 심한 상처를 입게 될 것이고, 아미도 무사하지 못할 터이다. 그리고 끝내는 기개세 자신도 그녀들과 같은 신세가 될 것이다.

'안 되겠다.'

담 쪽은 포기했었으나 그는 생각을 고쳐 먹었다. 이동하는 거리가 멀수록, 그리고 시간이 경과할수록 아미와 독고비는 다치거나 죽을 확률이 높다.

사경에 처하다

이곳에서 가장 가까운 담 쪽으로 가서 담을 등지고 싸우면 적의 공격을 절반으로 줄일 수가 있다.

그러다가 기회를 엿봐서 담을 부수고 밖으로 뛰쳐나간다면 탈출도 가능하다.

지금으로서는 동서남북 어느 방향이든 적들이 득실거린다. 담 쪽은 적들이 조금 더 많을 뿐이다.

[간다.]

기개세는 심어와 함께 즉시 담 쪽으로 방향을 잡고 달려나가기 시작했다.

아미와 독고비는 그가 궁리하는 과정을 영적으로 공유하고 있었기 때문에 그가 결정을 내리자마자 한 몸처럼 일사불란하게 움직였다.

즉, 기개세가 앞에서 달려가자 독고비가 그 뒤를 바짝 따르고 맨 뒤에 아미가 뒤돌아선 채 후미의 적들을 방어하면서 뒤따랐다.

기개세가 느닷없이 달려나가면서 공격을 퍼붓는 바람에 담 쪽을 방어하던 울황고수들은 갑자기 우르르 무너지며 두어 호흡 만에 십여 명이 거꾸러졌다.

그는 강기 따위를 일체 사용하지 않고 순수하게 절대신검과 천진음파만으로 울황고수들을 상대했다.

울전대가 자랑하는 진열이 균열하기 시작하자 그 틈을 놓치지 않고 기개세는 전방으로 달리면서 신들린 듯이 절대신검을 번뜩번뜩 휘둘렀다.

한 번 진열이 무너지자 울황고수들은 절대신검에 목이 잘리고 머리가 세로로 쪼개져서 마구 죽어갔다.

아미는 뒷걸음질쳐서 달리는 것이 앞으로 달리는 것이나 별반 다를 바 없이 능숙했고 빨랐다.

후방은 전방보다 울황고수들의 공격이 덜했다. 기개세가 뚫고 나가기 때문이다.

그렇다고 공격이 전혀 없는 것은 아니다. 제이선에 있던 울황고수들이 뚫린 간격을 재빨리 좁히면서 후미를 공격했고, 아미는 결사적으로 검을 휘둘렀다.

그녀와 독고비는 기개세와의 영적 교감을 통해서 울황고수들에게는 강기를 전개했다가는 역공격을 당한다는 이미 사실을 알고 있었다.

독고비는 한 손으로 기개세의 옷자락을 붙잡은 채 부지런히 뒤따르기만 했다. 가운데 있기 때문에 그녀는 아무것도 하지 않아도 됐다.

문득 치고 나가던 기개세는 어째서 머리 위에서 철전 공격이 쏟아지지 않는 것인지 의아한 생각이 들었다.

생각해 보니 아까 그가 방패막에 싸여서 지상에 떨어진 이후부터 철전 공격이 없었다.

담 위의 울황고수들이 철전 공격을 하지 않는 이유가 무엇인지 궁금해졌다.

'방패막?'

문득 어떤 생각이 떠올랐다. 원래는 갖고 있었는데 지금은 없는 것. 그것이 바로 방패막을 만들기 전의 흑봉이었다. 그들은 흑봉을 던져서 방패막을 만들었었다.

'흑봉이 활이었군.'

푹!

기개세는 속으로 중얼거리면서 한 명의 울황고수의 목을 깊숙이 찔렀다. 이어서 슬쩍 잡아당기자 절대신검 끄트머리에 찔린 울황고수가 재빨리 끌려왔.

그는 빠른 손놀림으로 울황고수 어깨에서 활을 벗겨내서 힐끗 살펴보았다.

얼핏 본 바로는 보통의 활하고는 다른 모양이다. 그러나 잠깐 봐서는 자세한 것은 알 수가 없다.

담이 가까워질수록 울황고수들의 공격이 거세지고 있기 때문에 활에 시선을 뺏길 겨를이 없다.

그렇다고 담에 거의 가까이 이르렀는데 여기서 멈추고 호신막을 쳐놓고 활을 살피는 것은 좋지 않았다.

第百五十三章
절망, 그 깊은 밑바닥

대사부

탁!

기개세는 비로소 담에 이르러 등을 담에 대고 잠깐 한숨을 돌렸다.

그곳에서 그는 호신막을 치고 재빨리 활을 살폈다. 그의 옆에 선 독고비와 아미는 호신막 안에서도 바짝 긴장하여 경계를 늦추지 않았다.

그가 활에 집착하는 이유는 어떤 직감 같은 것 때문이다.

울전대와의 싸움이 시작된 이후부터 지금까지 그를 가장 애먹인 것이 바로 철전이다.

울전대의 철전 공격, 즉 활에 대해서 알게 된다면 싸움이 지금보다는 수월해질 것이라는 생각이 들었다.

그는 조금 전까지만 해도 흑봉을 활로 전환시킬 수 있을 것이라고 생각했었다.

그런데 그 생각은 아무래도 잘못된 것 같다. 우선 흑봉은 길이가 두 자 남짓인 데 비해서 활은 넉 자가 넘어 보였다. 길이만으로도 흑봉과 활은 같은 물건일 수가 없다.

더구나 흑봉은 굵은데 활은 그것에 비해서 절반 굵기밖에 되지 않았다.

또한 활의 정중앙에는 특이하게 철전을 꽂는 구멍이 뚫려 있지만 흑봉에는 구멍이 없었다.

활에 구멍이 뚫려 있다는 점은 보통의 활하고는 크게 다른 점이다.

구멍에 철전을 꽂으면 활시위를 아무리 잡아당겨도 철전이 흔들리거나 활을 벗어나지 않을 것이고, 겨냥한 대로 표적에 정확하게 명중될 것이다.

파파팡!

그때 호신막에서 심상치 않은 소리가 나서 힐끗 쳐다보던 기개세는 미간을 좁혔다.

투명한 호신막 전체에 새카맣게 적중된 수많은 철전들이 막 튕겨지고 있는 중이다.

그리고 호신막에서 삼 장 떨어진 곳에 울황고수들 수천 명이 반원형으로 진열을 갖추고 서서 재차 호신막을 향해 활을 겨누고 있었다.

수천 명이 가까운 거리에서 한꺼번에 철전을 발사한다면 호신막은 견디지 못할지도 모른다.

어쩌면 두세 차례는 버틸지 모르겠지만 그리 오래가지는 못할 것이다.

기개세는 이처럼 급박한 순간에 한가하게 활을 살피고 있는 게 과연 옳은 것인지 문득 회의가 생겼다.

그런데 그는 막 활에서 시선을 거두다가 뭔가 이상한 것을 발견했다.

활 오른쪽 끝 부분의 밖으로 동그랗게 확 휘어져서 활시위를 묶은 고리 부분이 뭔가 조금 달라 보였다.

나무에 결이 있듯이, 결이 다르다고 할까. 어쨌든 활의 전체적인 것과는 조금 다른 듯한 부분이며 길이는 손가락 반 마디 정도였다.

좀 더 자세히 보니까 그 손가락 반 마디 길이의 양쪽에 육안으로는 구분하기 어려운 미세한 금이 가 있었다.

파파파팡!

그때 울황고수들이 두 번째 철전을 발사해서 호신막 전체가 터질 듯이 크게 흔들렸다.

순간 기개세는 기혈이 크게 들끓는 것을 느꼈다. 그가 호신막을 펼쳤기 때문에 호신막에 가해지는 충격이 고스란히 그의 체내로 전해지는 것이다.

하지만 아미와 독고비는 아무런 충격을 받지 않았다. 다만 초조한 얼굴로 기개세를 지켜보고 있다.

기개세는 활 끝의 손가락 반 마디 부분을 어루만지다가 힘을 주어 눌러보았다.

차륵… 탁!

순간 갑자기 활의 모양이 변하기 시작했다. 똑바로 펴지는 것과 동시에 길이가 급격하게 줄어들며 두툼하게 굵어지면서 활시위가 봉 안쪽으로 사라졌다.

그러더니 한 호흡도 안 되는 사이에 활이 흑봉으로 변해 버렸다. 그것은 전혀 예상하지 못했던 변화다.

흑봉이 방금 전까지만 해도 한 자루 활이었다는 사실이 믿어지지 않을 정도다.

흑봉을 구석구석 자세히 살펴봐도 활의 모습은 조금도 찾아볼 수가 없다.

콰파파파팡!

그때 또다시 굉렬한 음향이 터지면서 기개세의 몸이 크게 흔들렸다. 그리고 입가에서 가느다란 피가 흘러나왔다. 세 번째 철전 공격이다.

같은 수천 발의 철전이라도 멀리서 쏘는 것과 가까이에서 대놓고 쏘는 것의 위력은 큰 차이가 나는 법이다.
 "대가!"
 기개세가 입에서 피를 흘리는 것을 발견한 독고비가 안색이 해쓱해져서 놀라 외치며 그에게 다가들자 아미가 그녀의 팔을 잡고 만류했다. 그를 방해하지 말라는 뜻이다.
 기개세는 흑봉을 뚫어지게 주시하며 끝 부분을 살피다가 눈을 빛냈다.
 과연 동그랗게 볼록 튀어나온 부분이 양쪽에 각각 하나씩 있는 것을 발견했다.
 하나는 붉은색이고 또 하나는 회색이라서 쉽사리 눈에 띄지 않았다.
 꾹.
 차르르… 탁!
 그중 붉은색을 누르자 신기하게도 흑봉이 활로 변했다. 변하는 시간은 채 반 호흡도 걸리지 않았다.
 그는 활을 다시 흑봉으로 변화시키자마자 이번에는 회색의 볼록한 부분을 눌렀다.
 파아아…….
 그러자 흑봉이 마치 우산처럼 펼쳐지면서 순식간에 하나의 방갓 모양의 방패로 변환했다.

절망, 그 깊은 밑바닥

방패의 안쪽 중앙에는 손잡이가 있으며, 그곳에 가느다란 강사를 조작할 수 있는 장치가 있었다. 강사는 활로 변환했을 때에는 활시위가 된다.

[됐다.]

기개세는 이 특수한 장치인 흑봉을 최대한 이용해서 어떻게든 이곳을 탈출하려고 마음먹었다.

콰파파파팡!

"흐윽……."

그때 철전 수천 발에 또다시 적중된 호신막이 크게 진동하면서 기개세는 묵직한 신음을 흘렸다. 그러고는 왈칵 핏덩이를 토해냈다.

이번에도 호신막은 파훼되지 않았다. 하지만 철전 수천 발에 한 번만 더 적중된다면 파훼되고 말 것이다.

순간 호신막이 사라지면서 기개세와 아미, 독고비는 앞으로 번개같이 달려나갔다.

방금 철전을 발사하고는 막 또 한 발의 철전을 활시위에 걸고 있던 울황고수들은 기개세 일행이 느닷없이 돌진해 오자 움찔했다.

그들의 철전을 발사하는 속도는 혀를 내두를 정도로 빠르지만 기개세 일행은 그 틈을 절묘하게 노렸다.

아미와 독고비는 기개세가 무슨 생각을 하고 있는지 훤하게 알기 때문에 그와 한 몸처럼 행동했다.

세 사람은 바닥에 쓰러져 있는 울황고수들의 시체 주변에 흩어져 있는 흑봉이나 방패, 화살통, 철전들을 되는대로 마구 집어들고 다시 원래 위치로 되돌아왔다.

순간 기개세는 재빨리 호신막을 펼쳤고, 아미와 독고비는 갖고 온 것들을 모두 방패로 변형시켰다.

콰콰파파팡!

그 순간 수천 발의 철전이 날아와 호신막에 적중됐다.

기개세는 어금니를 악물고 재빨리 화살통을 왼쪽 어깨에 메고 활에 철전을 걸었다.

방금 전의 충격으로 그의 몸이 심하게 흔들리고 악문 이빨 사이로 피가 꾸역꾸역 나왔지만 끄떡도 하지 않았다.

[가자!]

다음 순간 호신막이 걷히면서 세 사람은 다시 쏜살같이 전방으로 쏘아갔다.

아미와 독고비는 각기 세 개씩의 방패를 한 손에 그러쥐어 커다란 방패를 만들어서 기개세의 오른쪽과 후미, 그리고 왼쪽을 가렸다.

투우…….

순간 기개세가 활을 발사했다. 그런데 울황고수가 발사할 때 같은 소리가 나지 않았다. 단지 미약한 바람이 문풍지를 흔드는 듯한 작은 음향이 흘렀다.

퍼퍼퍽!

활에서 철전이 발사되자마자 전방에서 물 먹은 가죽 북을 두드리는 듯한 소리가 터졌다.

철전을 발사하기 위해서 활시위를 한껏 잡아당기고 있던 울황고수들 중에 한 명의 오른쪽 눈을 기개세의 철전이 여지 없이 관통했다.

하지만 그것으로 끝이 아니다.

기개세가 철전을 발사한 힘이 지나치게 강하다 보니까 철전이 최초의 울황고수의 눈에 꽂혔다가 뒤통수를 뚫고 나가 뒤에 있던 울황고수 세 명을 연달아 관통하더니, 마지막 다섯 명째 심장에 쑤셔 박혔다. 울황고수들이 너무 많기 때문에 벌어진 일이다.

스으······.

전방으로 내달리던 기개세 일행은 갑자기 급격하게 방향을 전환하여 왼쪽으로 쏘아갔다.

아미는 호신막을 펼쳐서 오른쪽을 방어하는 한편 호신막 안에서 방패로 자신과 기개세를 보호했다.

기개세 일행이 너무도 갑작스럽게, 그리고 놀라운 속도로 방향을 바꿔 달려가는 바람에 울황고수들이 발사한 철전들은 대부분 허탕을 쳤다.

그나마 몇십 발이 제대로 표적을 향했으나 아미가 일으킨 호신막을 뚫지는 못했다.

철전을 발사하는 울황고수들은 반원형의 대열을 형성하고 있으며 맞은편에는 울황고수들이 없다.

만약 울황고수들이 마주 보고 철전을 쏜다면 서로 죽고 죽이는 상황이 벌어질 것이다.

투아…….

기개세가 두 번째 철전을 발사했다. 그는 그 즉시 세 번째 철전을 활에 먹였다. 그는 활을 쏴본 적이 없지만 그다지 어려운 일이 아니었다.

광장에는 울황고수들이 득실거리기 때문에 아무렇게나 쏴도 헛발이 없다.

또한 기개세의 무시무시한 힘 덕분에 철전 한 발에 최소한 세 명 이상이 거꾸러졌다.

슈우…….

기개세 일행은 두 번째 철전을 쏘고는 늘어서 있는 울황고수들 한복판을 향해 곧장 부딪쳐 갔다.

수천 명의 울황고수들은 일제히 기개세 일행을 향해 철전을 겨눴다가 한순간 움찔하고 말았다.

기개세 일행이 한복판으로 파고들고 있어서 철전을 발사하면 동료들을 향해 서로 쏘는 것이 되기 때문이다.

절망, 그 깊은 밑바닥

그러나 울황고수들은 백중백발의 솜씨라서 기개세 일행을 정확하게 맞힐 수 있다.

콰아아아—!

한순간 철전이 일제히 발사됐다.

스으.

그리고 같은 순간 기개세 일행은 기다렸다는 듯이 쏜살같이 뒤로 물러났다.

퍼퍼퍼퍼퍽!

"흐악!"

"크악!"

"캐애액!"

방금 전까지 기개세 일행이 쏘아가고 있던 위치 양쪽에서 철전을 발사하던 울황고수 수십 명이 처절한 비명을 지르면서 튕겨 날아갔다.

과연 울황고수들의 활 솜씨는 타의 추종을 불허했다.

기개세 일행이 차지하고 있던 공간은 좌우 다섯 자 정도였는데, 양쪽 그 위치에 있던 울황고수들만 고슴도치처럼 온몸에 수백 발씩의 철전을 맞고 즉사한 것이다.

뒤로 물러났던 기개세 일행은 그 순간 울황고수들 속으로 쏜살같이 파고들었다. 그와 동시에 기개세는 또 한 발의 철전을 발사했다.

아미는 한 손으로 그러쥔 방패들로 한쪽 방향을 막고, 다른 손으로는 접인신공을 발휘해서 바닥에 떨어져 있는 철전들을 집어 기개세의 화살통에 채워주는 일을 했다.

기개세는 울황고수들 속을 이리저리 헤집고 다니면서 연이어서 철전을 발사하고 입으로는 천진음파를 뿜어냈다.

철전은 한 발에 서너 명씩 거꾸러뜨렸고, 천진음파는 울황고수들의 눈이나 목에 적중시켜서 죽였다.

기개세는 최대한 빠른 속도로 이동했다. 조금이라도 느려지면 아미와 독고비가 공격을 당하기 때문이다.

그는 미처 철전을 활시위에 걸기도 전에 맞닥뜨리는 적은 그냥 맨손으로 잡은 철전을 놈들의 목이나 눈, 심장에 꽂아주었다.

그렇지만 적진에 너무 깊숙이 들어왔다. 활을 쏘기에는 적들과의 거리가 너무 가까워졌다.

그는 일단 활을 어깨에 메고 절대신검을 뽑아 쥐자마자 번개처럼 그어댔다.

거의 동시에 아미와 독고비는 방패막을 거두고는 왼손에 하나씩만 남기고 버렸다.

이어서 기개세 뒤를 바짝 따르면서 오른손의 검으로 적들을 상대했다.

그즈음 독고비는 안색이 창백했다. 왼쪽 허벅지에서 흐르

절망, 그 깊은 밑바닥 157

는 피를 지혈도 하지 않은 채 너무 오래 돌아다니느라 피를 많이 흘렸기 때문이다.

그렇지만 자신의 상태를 기개세나 아미에게 들킬까 봐 극도로 조심하면서 또한 그들의 행동에 지장을 주지 않으려고 전력을 다했다.

하지만 독고비는 잊고 있는 것이 있다. 서로 영적으로 교감하고 있는 기개세와 아미가 이미 그런 사정을 알고 있다는 사실이다.

기개세는 속도를 늦추었다. 아등바등하면서 간신히 따라오던 독고비는 갑자기 속도를 늦추느라 크게 휘청이며 기개세에게 쓰러졌다.

기개세는 왼팔로 독고비의 허리를 안더니 다시 싸우기 시작했다. 그녀가 벗어나려고 버둥거리자 팔에 더욱 힘을 주어 꼭 안았다.

그때 아미가 땅에서 방패 하나를 재빨리 주워 독고비에게 건네주었다. 그녀더러 두 개의 방패로 자신과 기개세를 호위하라는 뜻이다.

그러자 기개세가 검을 휘두르면서 자세를 약간 낮추면서 독고비에게 등을 내밀었다.

독고비는 재빨리 그의 등에 업혀서 두 발로 허리를 꼭 끌어안고는 양손의 방패로는 자신의 뒤쪽과 그의 왼쪽 두 곳을 막아주었다.

 자신의 뒤를 막으면 자연히 기개세의 뒤를 막아주는 것이 되고, 그가 오른손잡이이니까 상대적으로 취약한 왼쪽을 막으려는 것이다.

 기개세는 독고비를 업고 싸우는 것이 조금도 불편하지 않았다. 오히려 그녀에 대한 걱정을 크게 덜게 되었으며, 배후와 왼쪽에서의 공격을 염려하지 않아도 되기 때문에 적을 죽이는 일에만 전념할 수 있었다.

 이 상태에서 그는 한바탕 적들을 죽이고 나서 불시에 수직으로 높이 솟구쳐 어풍비행술을 전개하여 탈출을 하면 어떨까 하고 생각해 보았다.

 언제까지나 이런 식으로 싸울 수는 없다. 한시바삐 독고비의 상처를 지혈해야 하고, 머지않아 아미가, 그리고 기개세 자신도 지치게 될 것이다.

 그런 상황이 되기 전에 탈출을 한다면 방금 생각한 그 방법이 괜찮을 듯했다.

 파아—!

 "웃!"

 잠시 딴생각을 하는 사이에 공격에 틈이 생겨 두 자루 창이 오른쪽과 정면에서 절대신검이 베어가는 사이로 파고들어 오는 바람에 기개세는 움찔했다.

절망, 그 깊은 밑바닥

촌각을 백으로 쪼갠 찰나의 순간, 기개세는 오른쪽의 창은 허리를 비틀어서 아슬아슬하게 피하고, 정면에서의 창은 고스란히 왼쪽 어깨에 찔렸다.

정면의 창을 피할 수도 있지만, 그렇게 하면 업혀 있는 독고비가 대신 찔릴 수밖에 없기 때문이다.

팍!

날카로운 창이 그의 쇄골 바로 아래로 파고들었다. 하지만 깊이 찌르지는 못하고 손가락 한 마디 정도 꽂혔다.

칵!

그는 창을 쥐고 있는 울황고수의 목을 단칼에 잘라 버리고 창을 뽑아 왼손에 움켜잡았다.

방금 찔린 상처에서 피가 쿨럭쿨럭 샘물처럼 흘렀으나 개의치 않았다.

오히려 성난 맹호처럼 앞으로 내달리며 절대신검과 창을 귀신같이 휘둘러 적들을 자르고 찔러댔다.

한바탕 뒤흔들어 놓은 직후에 수직으로 높이 솟구쳐야 하는데 좀처럼 기회가 찾아오지 않았다.

그는 아미를 힐끗 쳐다보았다. 그녀의 숨소리가 거칠어진 것을 느꼈기 때문이다.

아미는 그를 쳐다보며 아무 걱정 말라는 듯이 방긋 미소를 지어 보였다.

하지만 그녀의 얼굴에서는 땀이 비 오듯이 흘렀고, 입에서는 뜨거운 입김이 뿜어졌다. 누가 보더라도 많이 지친 모습이 역력했다.

기개세는 초조해졌다. 자신 혼자라면 초조함 같은 것은 느끼지 않았을 것이다.

그때 갑자기 사방의 울황고수들이 썰물처럼 빠르게 물러가기 시작했다.

'또 무슨 수작을······.'

눈 한 번 깜빡할 사이에 울황고수들은 삼십여 장 밖으로 물러났고, 텅 빈 광장에 기개세 일행만 덩그러니 남았다.

그런데도 울황고수들은 계속 물러나고 있는 중이다.

그리고 고요한 정적이 흘렀다. 치열하게 싸우다가 갑자기 맞이하는 정적은 기분이 나쁠 정도로 불쾌했다. 오히려 싸우는 쪽이 편한 기분일 듯했다.

문득 기개세는 뭔가 이상한 느낌을 받고 급히 위를 올려다보았다.

"······!"

아미와 독고비도 거의 동시에 위를 쳐다보다가 얼굴 가득 놀라움이 떠올랐다.

그것은 하나의 커다란 그물이었다. 그것이 하늘을 가득 덮은 채 빠른 속도로 떨어져 내리고 있었다.

절망, 그 깊은 밑바닥

그물의 가장자리에는 여러 개의 커다란 추가 달려 있어서 떨어지는 속도가 매우 빨랐다.

타앗!

그 순간 기개세는 한쪽 방향으로 전력을 다해 쏘아가기 시작했고 아미가 그림자처럼 뒤따랐다.

그물이 자신들을 뒤덮어 버리기 전에 사정권 밖으로 벗어나려는 것이다.

달리면서 힐끗 위를 쳐다보았다. 그물이 십오륙 장까지 쇄도하고 있는 중이었다.

지금처럼 많이 지친 상태가 아니라면, 그리고 독고비를 업지 않았다면 그물이 지상에 도달하기 전에 충분히 벗어날 수 있을 것이다.

하지만 지금은 무리다. 아무리 빨리 달려도 그물을 벗어나는 것은 불가능하다.

기개세의 생각을 읽은 아미와 독고비의 안색이 창백하게 급변했다.

그물이 지상에 도달하기 전에 그가 자신들을 밖으로 멀리 집어 던지려 하기 때문이다.

기회는 지금뿐이다. 그물이 조금만 더 아래로 하강하면 그러고 싶어도 그럴 수가 없게 된다. 더 이상 선택의 여지가 없는 상황이다.

아미와 독고비는 기개세의 생각 또 하나를 읽었다. 자신들이 없어야지만 그가 행동하기가 편해서 탈출이 용이할 것이라는 사실이다.

아미는 지금으로선 다른 방법이 없다고 생각했다. 다 함께 그물에 갇히는 것보다는 자신들만이라도 살아야지만, 이후 기개세가 위험에 처하게 되면 다시 그를 구하러 올 수 있을 것이기 때문이다.

그렇게 생각하면서도 기개세를 두고 가야만 하는 아미의 가슴은 갈가리 찢어지는 듯하다.

[가라!]

기개세는 양손으로 아미와 독고비의 팔을 잡고 이를 악문 채 전력으로 달렸다.

달리면서 던져야 더 빠르게 날아갈 것이고, 어쩌면 그녀들을 내던진 직후에 죽어라고 달리면 자신도 빠져나갈 수 있을지 모른다는 생각에서다.

독고비가 눈물을 방울방울 흘리면서 기개세를 바라보다가 갑자기 그를 꼭 안고 뺨에 입을 맞추었다.

그녀는 왠지 불길한 느낌이 들었으나 지금으로선 어쩔 도리가 없었다.

한순간 기개세는 두 여자를 비스듬히 허공을 향해 있는 힘껏 내던졌다.

슈우우…….

두 여자는 순식간에 기개세에게서 멀어져 갔다. 날아가는 도중에 아미가 독고비를 붙잡는 것이 보였다.

기개세가 그녀들을 내던진 속도는 빛을 방불케 할 정도로 빨라서 사방에 울황고수들이 있었으나 아무도 그녀들을 공격할 수 없을 것이다.

온 힘을 다해서 내던진 속도는 그가 전력으로 달리는 것보다 서너 배는 더 빠르기 때문이다.

과연 울황고수들은 아미와 독고비를 쳐다보기만 할 뿐 손을 쓰지 못하고 있었다.

어쩌면 그들은 그녀들에게는 관심이 없고 오로지 기개세를 제압하려는 목적인지도 모른다.

기개세는 그녀들을 던지자마자 젖 먹던 힘까지 다해서 뒤따라서 쏘아갔다.

촤아악!

그 순간 그물이 그를 뒤집어씌우면서 어떻게 해볼 새도 없이 지상에 떨어졌다. 그물 가장자리까지는 오 장여밖에 남지 않은 상태다.

하지만 그는 지상에 내려서도 포기하지 않고 계속 달렸다. 그물에 갇혀 있으면 무슨 일이 벌어질지 구체적으로는 알 수 없으나, 절망적일 것만은 분명할 것이다. 무슨 수를 써서라도 그물 밖으로 벗어나야만 한다.

"……."

그런데 어찌 된 일인지 앞으로 전진할 수가 없다.

쿵!

아니, 전진하기는커녕 균형을 잡지 못하고 그 자리에 둔중하게 쓰러져 버리고 말았다.

쓰러진 상태에서 얼핏 시야에 들어오는 것이 있다. 울황고수 수백 명이 커다란 그물의 가장자리 양쪽을 잡고 민첩한 동작으로 한쪽 방향으로 모으고 있는 중이었다.

다급해진 기개세는 절대신검을 뽑으려고 오른손을 어깨로 가져갔다.

그러나 팔이 전혀 움직여지지 않았다. 벌써 그물에 꽁꽁 묶여 버렸기 때문이다.

아무리 그렇더라도 한낱 그물이다. 천하의 기개세가 꼼짝도 하지 못한다는 것은 말이 되지 않는다.

그는 천신기혼을 끌어올려 양손을 더듬거려 그물을 움켜잡으려고 했다.

팔을 제대로 움직일 수 없으니 그런 간단한 동작조차도 잘 되지 않았다.

이윽고 어렵사리 그물을 양손에 잡고는 양쪽으로 힘껏 잡아당겼다.

절망, 그 깊은 밑바닥 165

팔을 사용할 수 없어서 손목만을 사용했지만, 그 정도로도 그물이 맥없이 찢어질 것이라고 믿어 의심하지 않았다.

그런데 어찌 된 일인지 끊어지는 것은 고사하고 외려 손이 칼로 에이는 듯 아팠다.

문득 그는 양손이 축축한 것을 느끼고 피가 흐르고 있음을 깨달았다.

그는 땅바닥에 옆으로 누운 자세에서 눈앞의 그물을 똑바로 주시했다.

투명에 가까운 은빛의 손가락 굵기의 줄이 어린아이 주먹 하나가 들어갈 정도의 간격으로 촘촘하게 엮어져 있는 것이 보였다.

그는 그물을 이루고 있는 은빛의 줄이 활시위인 강사를 수십 가닥으로 꼰 것임을 알았다.

한두 가닥의 강사도 절대신검으로 힘껏 내려쳐야 끊어지는데, 수십 가닥을 손으로 찢으려고 했으니 손아귀가 찢어지는 것이 당연하다.

"빌어먹을……."

착잡한 표정을 짓는 그의 입술 사이로 짓이겨진 중얼거림이 흘러나왔다.

여태까지는 아무리 절망적인 상황에 처하더라도 궁극에는 반드시 어떤 방법이 있었다. 그래서 결국은 그 난관을 헤쳐

나올 수 있었다.

그런데 지금은 정말 캄캄할 정도로 아무런 방법이 없다. 빠져나갈 방법은 생각나지 않고 자꾸만 사랑스러운 아내들 모습이 떠올랐고, 자신이 죽으면 천하가 어찌 될지 그것이 염려스러웠다.

"저놈, 기어코 잡혔군."

태화전 대전 입구에 주저앉아서 그물에 갇힌 기개세를 보며 을씨년스럽게 중얼거리는 사내.

천상황 이반이다. 그는 기개세에게 당해서 만신창이가 된 몸으로 대전 입구 기둥에 몸을 의지한 채 저 멀리 광장을 주시하고 있었다.

그의 시선 끝에는 그물에 돌돌 말려서 꼼짝도 못하는 기개세의 모습이 있었다.

기개세 주위에는 수많은 울황고수들이 여차하면 공격을 퍼부을 듯 삼엄하게 창과 도검을 겨누고 있었다.

이반은 기개세가 과연 어떤 표정을 짓고 있을지 궁금해서 시력을 돋우었으나 여의치 않았다.

사실 그는 너무 심한 중상을 입고 또 공력이 고갈된 상태이기 때문에 앉아 있는 것조차 힘들었다.

문득 그의 시선이 기개세를 떠나 한쪽으로 흐르다가 한 사

절망, 그 깊은 밑바닥

람에게 고정되었다.

그가 쳐다보는 사람은 다름 아닌 남궁산이다.

한때는 패가수와 의형제였다가 이후에는 이반의 충복이 됐으며, 그리고는 마지막 순간에 결정적으로 배신을 한 비루먹은 개만도 못한 놈이다.

남궁산은 울황태신과 울황고수들의 호위를 받으면서 그물 가까이에 팔짱을 끼고 서서 득의한 표정으로 기개세를 쳐다 보고 있었다.

지금 이 순간 이반은 반란이 진압되고 천검신문 태문주가 제압됐다는 사실이 그다지 기쁘지 않았다.

자신이 울제국의 황제로 있을 때라면 이보다 기쁜 일이 없을 것이다.

하지만 지금은 상황이 매우 좋지 않다. 믿었던 개에게 발뒤꿈치를 깨물렸기 때문이다.

아무리 생각을 해봐도 남궁산이 이반을 좋게 대할 리는 없다는 결론이다.

그랬다면 항세검을 감추고 있다가 결정적인 순간에 울전대를 움직이지는 않았을 것이다.

남궁산이 충성스러운 놈이었으면 처음에 항세검을 이반에게 주었을 것이지만 그는 그러지 않았다.

놈은 다른 꿍꿍이를 품고 있는 것이 틀림없다. 무슨 꿍꿍이

속인지에 대해서는 깊이 생각할 것도 없다.

필경 울제국을 손아귀에 넣으려고 할 터이다. 서장인이 세운 울제국 황제 위에 한인이 오르다니, 기가 막힐 일이다.

하지만 지금 상황으로선 지켜보는 수밖에 어떻게 해볼 도리가 없다.

[폐하, 지금은 일단 피하셔야 합니다.]

그때 옆에 있던 몇 사람 중에서 수라쾌별주가 조심스럽게 전음으로 아뢰었다.

이반이 염려하고 있는 것, 즉 남궁산 눈에 띄어서 좋을 것이 없다는 사실을 수라쾌별주도 염려하고 있다. 아니, 그뿐만 아니라 이반 곁에서 호위하고 있는 지옥잔별주와 수라쾌별주 모두 그 점을 염려하고 있었다.

이반은 수라쾌별주의 말이 옳다고 생각했다. 지금은 잠시 몸을 피하는 것이 좋다.

청산이 있는 한 땔감 걱정은 하지 않는다고 했다. 살아 있노라면 기회가 찾아올 것이다.

일단은 놈의 눈에 띄지 않는 곳에 있다가 후일을 도모하는 것이 최선책이다.

이반은 다시 한 번 기개세를, 아니, 그물에 꽁꽁 묶여 있는 검은 덩어리를 쳐다보았다.

'제압되기는 했지만 그래도 대단한 놈이로군. 울황고수를

절망, 그 깊은 밑바닥

삼백여 명이나 죽이고 울전대를 이토록 애먹이다니…….'

그는 지금에서야 비로소 자신과 기개세를 비교할 수 있게 되었다.

그였더라면 울전대와의 싸움에서 이토록 오랫동안 버티지도 못했을 것이다.

또한 제아무리 발악을 해봤자 울황고수를 이삼십 명 죽이는 정도에 그쳤을 것이다.

그에 비해서 울황고수를 삼백여 명이나 죽인 기개세는 실로 이반보다 몇 단계 위의 고수가 분명하다.

그런 그를 죽이겠다고 기세 좋게 날뛰었으니 돌이켜 생각하면 씁쓸하기 짝이 없는 일이다.

"수라쾌별주."

이반은 자리를 피하기 전에 수라쾌별주를 조용히 불렀다.

"하명하십시오."

"나중에 울황태신을 은밀하게 내게 데리고 와라."

이반 자신에겐 항세검이 없더라도 이대로 무너질 수는 없다는 생각이다.

울황태신도 울전대도 모두 서장인이므로 이제는 동족으로서 하소연해 보는 수밖에 없다.

第百五十四章

난도질을 당하다

대사부
大夫

남궁산은 통쾌함이 하늘을 찌를 정도로 기분이 좋았다.
 그는 기개세가 더 이상 발악을 하지 못할 정도로 완벽하게 제압했다고 생각했다.
 그런데도 그에게 가까이 다가가지 못하고 삼 장쯤 멀찍이 떨어져서 하나뿐인 팔로 뒷짐을 진 채 이리저리 왔다 갔다 하며 기개세를 살폈다.
 이 순간의 남궁산은 세상을 다 가진 것보다 더 흡족했다.
 평생의 소원이던 천검신문 태문주를 제압해서 자신의 발아래에 엎드려 놓았다.

이제 그를 찢어 죽이든 펄펄 끓는 가마솥 안에 처넣어서 쪄 죽이든 남궁산의 말 한마디에 달렸다.

더구나 그는 울전대를 장악했다. 그것은 곧 그가 울제국의 황제로 등극하는 것이 시간문제라는 뜻이다.

천검신문 태문주가 사라지면 그를 따르는 무리도 끈 떨어진 연 신세가 된다.

이젠 남궁세가의 부활 같은 것은 더 이상 남궁산의 목표가 아니다.

중원 대륙의 황제가 되는 마당에 남궁세가의 부활 같은 것은 먼지 같은 것에 불과하다.

"후후……."

참으려고 하는데도 너무 기분이 좋아서 자꾸만 가슴이 들썩이고 목구멍이 간질거렸다. 웃음을 참는다는 것이 이렇게 힘든 줄 처음 알게 됐다.

"네놈 이름이 기개세라고 알고 있다."

남궁산은 득의함을 감추려고도 하지 않은 채 한껏 의기양양한 얼굴로 입을 열었다.

기개세는 얼굴을 바닥에 묻은 자세로 수십 가닥의 그물 줄에 꽁꽁 묶인 채 꼼짝도 하지 않았다.

"후후… 지금 기분이 어떠냐?"

그때 기개세는 천천히 고개를 들어 남궁산을 쳐다보았다.

그물이 얼기설기 얼굴을 가려서 겨우 한쪽 눈으로만 그를 볼 수가 있었다.

하지만 그의 얼굴은 처절하게 일그러지지도, 분노나 공포심 같은 것도 떠올라 있지 않았다.

남궁산은 자신이 기대했던 모습을 기개세에게서 찾지 못하자 조금 실망했다.

하지만 그렇다고 해서 천검신문 태문주의 생사가 남궁산 자신의 손에 달려 있다는 지금 상황이 바뀌는 것은 아니다.

"후후후… 결국은 네가 졌다. 이로써 본 가는 복수를 했고, 천검신문은 끝장이 났다."

남궁산은 지금 이 상황이 현실이라고 잘 믿어지지 않아서 조금 어리둥절했는데, 기개세를 조롱하면서 말을 할수록 점점 현실로 느껴졌다.

"하하하! 붙잡아놓고 보니까 너도 별수 없는 인간이로구나? 나는 네가 무슨 날개가 달리고 입에 여의주를 천룡이나 옥황상제쯤 되는 줄 알았었다!"

남궁산은 고개를 뒤로 젖히고 호탕한 웃음을 터뜨렸다. 지금껏 애써 웃음을 참았으나 지금은 실컷 웃어야겠다는 생각이 들었다.

웃는 동안 그의 뇌리에 먼저 죽은 자신의 형제와 부모, 가족들의 모습이 떠올랐다.

그래서 자신도 모르게 뜨거운 눈물이 솟구쳤으나 닦지 않고 그대로 뺨을 타고 흐르게 내버려 두었다.

그러면서 갑자기 온갖 감회가 머릿속과 가슴속에 가득 차며 교차했다.

여기까지 오는 동안 수없이 죽을 고비를 넘기고, 또 힘있는 자들의 발바닥을 핥아가면서 전전긍긍했던 나날들이 새록새록 떠올라 날카로운 것으로 가슴을 긁어내는 것처럼 아파서 더욱 눈물이 쏟아졌다.

탁!

쐐액!

"헛?"

그때 느닷없이 옆에 서 있던 울황태신이 남궁산의 어깨를 다급히 밀치는 것과 동시에 허공을 할퀴는 파공음이 그의 귓가를 빛처럼 스쳐 지나갔다.

울황태신은 놀란 얼굴의 남궁산 팔을 잡고 훌쩍 뒤로 날아가 사뿐히 땅에 내려섰다.

남궁산은 놀라고도 어리둥절한 얼굴로 급히 울황태신을 쳐다보았다.

그러나 그는 자신이 방금 암습을 당했다는 사실을 직감했다. 그리고 자신을 암습할 사람이 기개세밖에 없다는 사실을 뒤이어 즉시 생각해 냈다.

재빨리 기개세를 쳐다보았다. 그물에 온몸이 꽁꽁 묶인 채 고개를 빳빳이 들고 이쪽을 쳐다보고 있는 기개세의 한쪽 눈이 보였다.

그의 눈에서는 아까하고는 달리 새파란 안광이 줄줄이 폭사되고 있었다. 그것은 자신이 방금 암습을 했음을 대변하고 있는 모습이었다.

기실 기개세는 남궁산을 암습할 기회를 노리고 있다가 한순간 천진음파를 발출한 것이다.

거리가 가까워서 성공할 것이라고 여겼는데 울황태신 때문에 실패하고 말았다.

"저놈을……."

남궁산은 이를 부득부득 갈면서 기개세를 가리키며 말을 꺼내다가 갑자기 눈을 휘둥그렇게 떴다.

기개세의 모습이 변하고 있었기 때문이다. 그물 사이로 은은한 오색 광휘가 새어나오는데, 광휘 때문에 기개세의 모습이 잘 보이지 않았다.

"공격해라!"

그때 울황태신이 남궁산의 팔을 잡고 몸을 날려 뒤로 물러나면서 쩌렁하게 명령을 내렸다.

울황태신은 기개세의 모습이 변하는 것을 보고 뭔가 심상치 않음을 느낀 것이다.

다음 순간 수많은 울황고수들이 한꺼번에 기개세를 향해 덮쳐 가며 창과 도검을 휘둘렀다.

그러나 기개세의 온몸이 육안으로 똑바로 볼 수 없을 정도로 찬란하게 빛나자 울황고수들은 눈을 가리거나 고개를 돌려 외면하면서 뒷걸음질쳤다.

"우웃······."

"흐으으······."

지금 기개세는 팔경까지 이룬 천신여의지경을 전개하고 있는 중이었다.

이 극한의 위기에서 벗어날 수 있는 방법은 오직 그것뿐이라고 판단했다.

그러나 만약 천신여의지경마저도 허사가 돼버린다면 그야말로 그는 아무것도 할 게 없다.

아마도 남궁산은 기개세에게 온갖 모욕을 끼얹어준 후에 무참한 방법으로 죽일 것이 분명하다.

그렇지만 그것이 싫어서 스스로 목숨을 끊고 싶은 생각은 추호도 없다.

그런 행위야말로 남궁산 따위 개 같은 놈에게 진짜로 지는 것이기 때문이다.

"저······."

남궁산은 크게 놀란 얼굴로 기개세를 가리키다가 부리나

케 뒤돌아서 신형을 날렸다.

 그 순간 그는 무엇인가를 느꼈다. 소리가 난 것도 아니고, 무슨 충격을 받은 것은 더더욱 아니다.

 단지 뒤쪽에서 무슨 일인가 벌어졌다는 사실을 막연하게 느낀 것이다.

 굳이 설명하자면, 마치 그가 아침에 잠에서 깨어 눈을 떴을 때 창 틈으로 한줄기 햇빛이 스며드는 듯한 그런 묘한 느낌이었다.

 얼마나 놀랐는지 남궁산은 원래 서 있던 곳에서 한 번도 뒤돌아보지 않고 백여 장이나 헐레벌떡 달려와서도 발을 헛디뎌 땅바닥에 데굴데굴 굴렀다.

 '제길! 대체 어떻게 된 거야?'

 몹시 궁금하면서도 도무지 뒤돌아볼 용기가 나지 않았다. 고개를 돌리는 순간 기개세의 빙긋 미소 짓는 얼굴을 보게 될 것만 같았다.

 쐐액!

 쉭!

 "흑!"

 그때 갑자기 뒤쪽에서 날카로운 파공음이 마구 터져서 그는 자신도 모르게 두 팔로 머리를 감싸며 몸을 한껏 웅크리면서 헛바람 소리를 냈다.

난도질을 당하다

"끄윽!"

"크액!"

그런데 뒤를 이어 답답한 비명 소리가 뒤쪽에서 연이어 터져 나오는 것이 아닌가.

그는 자신에게 위험이 닥친 것이 아니라는 생각에 조심스럽게 고개를 돌려 뒤돌아보았다.

"……"

그 순간 그 자리에서 몸이 굳어버렸다. 그리고 얼굴 가득 극도의 놀라움이 가득 떠올랐다.

그의 눈앞에 펼쳐진 것은, 기개세가 그물에서 풀려 나와 울황고수들과 치열하게 싸우고 있는 광경이었다.

남궁산의 눈동자가 빠르게 굴렀다. 그의 시선은 기개세 주위 땅바닥에 널려 있는 그물로 향했다.

기개세가 돌돌 말려 있던 부분의 그물은 놀랍게도 숯덩이처럼 거멓게 뭉쳐 있었다.

즉, 녹아버린 것이다. 기개세는 수십 가닥의 강사를 꼬아서 만든 그물을 한순간에 녹여 버리고 유유히 그물에서 걸어나온 것이다.

"저놈……"

남궁산은 울황고수들과 싸우고 있는 기개세를 보며 기가 질려 버린 표정을 지었다.

조금 전에 그는 기개세 앞에서 의기양양한 표정으로 '너도 별수 없는 인간이로구나!' 라고 비웃었었다.

 그 비웃음의 여운이 채 사라지기도 전에 기개세는 보란 듯이 신 같은 위용을 떨친 것이다.

 기개세는 그물을 뚫고 나온 후 이십 명째의 울황고수를 죽이고 있었다.

 일단 그물에서 탈출은 했으나 자금성에서 탈출하는 것은 너무도 요원한 일이었다.

 천신여의지경을 전개하느라 지니고 있던 천신기혼이 칠 할 이상 한꺼번에 날아가 버렸기 때문이다.

 그래서 지금 그는 남아 있는 삼 할의 천신기혼으로 사투를 벌이고 있는 중이다.

 각오는 했었지만 단 한 번의 천신여의지경 전개에 그토록 많은 천신기혼이 허비될 줄은 예상하지 못했었다.

 그는 거친 숨소리가 새어 나가지 않도록 애쓰면서 전력으로 싸우고 있었다.

 울황고수들이 거친 숨소리를 들으면 약세를 눈치챌까 봐 그러는 것이다.

 하지만 이십 명을 죽이고 나니까 손가락 하나 까딱할 힘조차 남아 있지 않았다.

 십 할의 천신기혼이 다 있을 때에도 울황고수 이십 명을 죽이는 것은 쉽지 않은 일이었다.

다시 원래의 천신기혼을 회복하려면 최소한 반 시진 이상이 지나야만 한다.

아니, 절반만이라도 되찾으려면 일각은 있어야 한다. 천신기혼을 회복하는 것은 운공조식을 하지 않아도 된다.

이렇게 싸우고 있는 중에도 저절로 회복이 된다. 하지만 그전에 다치거나 죽지 말아야 할 것이다.

그런데 상황이 그렇지 못하다. 천신기혼이 십 할이었을 때와 삼 할밖에 남지 않았을 때의 실력은 하늘과 땅 차이다. 그것을 울황고수들이 모를 리가 없다.

동작은 굼뜨고 발걸음은 천근만근이다. 시간이 지날수록 공격은 고사하고 방어를 하기에 급급하다.

퍽!

순간 기개세는 등 한복판이 선뜻한 것을 느꼈다.

베였다. 오른쪽 어깨에서 왼쪽 옆구리 근처까지 서늘한 느낌이 확 느껴졌다.

정신은 그렇지 않은데 상체가 앞으로 확 꺾이면서 고꾸라질 듯이 비틀거리며 앞으로 달려나갔다.

퍽!

그러면서 앞에 있던 울황고수 한 명의 정수리에 절대신검을 그어내려 꽂으며 겨우 몸을 멈췄다.

푹! 푹!

바로 그때 양쪽에서 두 자루 창이 그의 양쪽 옆구리를 쑤시고 들어왔다.

물론 천신여의지경이 팔경에 이르렀기 때문에 웬만한 도검으로는 그의 장기나 내장을 다치게 하지 못할 것이다. 살갗을 완전히 뚫지 못하기 때문이다.

하지만 이런 식으로 자꾸만 찔려서 좋을 게 없다. 자고로 매에는 장사가 없는 법이다.

"이… 놈들!"

기개세는 몸을 홱 틀면서 절대신검을 오른쪽으로 휘둘렀다.

파아—

절대신검이 방금 죽인 울황고수의 정수리에 꽂힌 상태에서 그의 머리를 반으로 쪼개며 오른쪽으로 그어갔다.

퍽!

절대신검은 그의 오른쪽 옆구리를 찌른 창을 움켜잡고 있던 울황고수의 목을 뎅겅 잘라서 날려 버렸다.

그가 몸을 회전하는 바람에 양쪽 옆구리에 꽂혀 있던 두 자루 창이 뽑혀서 날아갔다.

콱!

그때 한 자루 도가 세로로 그어져 그의 왼쪽 어깨 쇄골 부위를 세차게 적중시켰다.

"윽……."

쇄골을 자르지는 못했으나 기개세는 극심한 통증을 느끼며 상체가 휘청 왼쪽으로 무너졌다.

그러면서도 그는 절대신검을 맹렬하게 휘둘렀다. 마구잡이로 휘두르는 것이 아니다.

극심한 고통을 당하면서도 절대신검은 그의 쇄골을 적중시킨 자의 몸통을 잘라 버렸다.

"헉헉……."

참고 참았던 거친 숨소리가 그제야 터져 나왔다. 정신은 참으려고 하는데 몸이 허락하지 않았다.

퍅!

그때 뒤쪽에서 한 자루 검이 그의 허벅지 뒤쪽을 베었다.

퍅!

기개세가 벌겋게 충혈이 된 눈으로 어금니를 악물고 다급하게 몸을 돌리려고 하는데 다시 한 자루 검이 그의 복부를 찔렀다.

그것이 시작이었다.

푸푸푹! 파파퍅!

기다렸다는 듯이 그의 온몸에서 보리타작하는 소리가 한꺼번에 마구 터져 나왔다.

세상의 모든 일들이 그렇듯이, 깊은 나락으로 추락하는 것은 한순간에 벌어진다.

절대 서서히 진행되지 않는다. 절망은 순간에 찾아들고 그 여운은 매우 길며 헤어나기 어렵다.

"크으으……."

어떻게 해볼 새도 없이 기개세의 온몸에 창과 도검이 소나기처럼 쏟아져 찌르고 베고 잘라댔다.

"이 자식들!"

휘이잉! 위잉!

순간 기개세는 몸부림치듯이 몸을 회전하면서 절대신검을 마구잡이로 휘둘렀다.

이번만큼은 적을 정확하게 베려는 것이 아니라 그저 단순한 발악이고 몸부림이다.

그러면서 그는 처절함을, 그리고 이렇게 자신의 인생이 끝나고 있는 것을 아스라이 느꼈다.

벌 떼같이 달려들었던 울황고수들은 재빨리 물러나더니 기개세의 움직임이 멈추자 재차 덮쳐들며 또다시 창과 도검을 기개세의 온몸에 난도질을 해댔다.

그는 잠깐 동안에 얼굴이고 목이고 상체, 다리, 어디 한 군데 성한 곳이 없는 꼴이 되고 말았다. 그런데도 창과 도검의 소나기는 멈추지 않고 계속되었다.

난도질을 당하다

"허허허… 이거야 원……."

기개세는 무수히 창과 도검에 찔리고 베이면서 허탈한 웃음을 흘려냈다.

"죽이지 마라!"

그때 저 멀리에 있던 남궁산이 악을 쓰듯 외치면서 구르듯이 달려왔다.

얼마 전까지만 해도 천상황 이반이 앉아 있었던 태화전 태사의에 지금은 남궁산이 거만한 모습으로 앉아 있다.

그는 자신의 앞 몇 개의 계단 아래 대전 바닥에 큰대 자로 눕혀진 채 사지가 묶인 기개세를 굽어보면서 못마땅한 표정을 짓고 있었다.

천검신문 태문주를 완벽하게 제압해서 자신의 발아래에 굴복시켜 놓은 상황에서도 어쩐 일인지 남궁산은 속이 편하지 않았다.

그 이유는 순전히 기개세의 모습 때문이다. 그는 이런 상황에서도 두렵거나 움츠린 모습은커녕 덤덤한 표정을 짓고 있기 때문이다.

그의 얼굴은 마치 잠을 자려고 자리에 누웠는데 어쩐 일인지 잠이 오지 않아서 멀뚱거리고 있는 사람 같았다.

그의 얼굴은 온통 상처와 피투성이다. 이마고 뺨이고 베인 상처가 온 얼굴을 뒤덮었다.

"살려달라고 애원하면 살려주겠다."

한동안 기개세를 주시하던 남궁산은 불쑥 그렇게 말했다. 인간이면 누구나 죽음을 두려워하기 때문에 가장 근본적인 제안을 해본 것이다.

그러면서도 그는 기개세가 절대로 그러지 않을 것이라는 사실을 알고 있었다. 알기 때문에 조롱하듯이 그런 제안을 한 것이다.

그런데 전혀 예상하지 않았던 대답이 기개세의 입에서 흘러나왔다.

"어떻게 애원하면 되느냐?"

"……"

남궁산은 말문이 막혔다. 그가 그렇게 나올 것이라고는 추호도 예상하지 않았기 때문에 놀란 것이다.

"살… 고 싶으냐?"

"하하! 당연히 살고 싶지!"

온몸 단 한 군데도 성한 곳 없이 수백 군데를 찔리고 베인 사람이라고는 도저히 믿어지지 않을 정도로 기개세는 명랑한 웃음을 터뜨렸다.

그는 자신이 죽인 울황고수의 피와 자신이 흘린 피를 온몸에 뒤집어쓴 모습이어서 만신창이에 얼굴조차도 알아볼 수가

난도질을 당하다

없는 몰골이다.

그의 팔다리는 수십 가닥의 강사로 꼬아서 만든 줄이 묶여져서 대전의 사방 기둥에 연결되어 있었다.

누워 있는 그의 몸에서는 피가 철철 흘러나와 대전 바닥을 시뻘겋게 물들이고 있지만 남궁산은 아무런 조치도 취하지 않고 있었다.

그런 광경을 보고 있는 것 또한 복수의 하나라고 여기기 때문이다.

기개세는 피범벅인 얼굴에 환한 웃음을 지으며 물었다.

"하하하! 어떻게 애원하면 되는지 가르쳐 다오."

그의 웃음은 혈귀(血鬼)가 오만상을 쓰는 것 같은 모습이다.

남궁산은 머릿속이 마구 헝클어졌다. 기개세가 '살려달라고 애원하느니 차라리 빨리 죽여라'라는 식으로 나올 것이라고 예상했기 때문에 이런 상황에서는 어떻게 대답을 해야 할지 궁해졌다.

그는 설마 하는 마음으로 한풀 꺾여 어눌하게 말했다.

"내… 게 무릎을 꿇고 빌어라."

기개세는 어디까지나 서글서글했다.

"그렇게 하면 살려주는 것이냐?"

"그… 렇다."

남궁산의 대답은 떨떠름했다.

"알았다. 무릎을 꿇을 수 있게 해다오."

기개세는 사지가 묶여 있는 상태이기 때문에 그대로는 무릎을 꿇을 수가 없다.

남궁산은 그제야 기개세의 속셈을 알았다는 듯 잔인한 미소를 지었다.

"이놈, 그따위 얕은꾀에 속을 줄 아느냐?"

묶은 강사 줄을 풀어주면 또다시 발작을 일으킬 것이라고 생각한 것이다.

기개세는 껄껄 웃었다.

"핫핫핫! 무릎을 꿇고 빌라면서 이 상태로 어떻게 무릎을 꿇으란 말이냐? 그것은 곧 네 말이 허언이라는 뜻이 아니겠느냐?"

남궁산은 또 대답할 말이 궁해졌다. 기개세의 말이 맞기 때문이다.

무릎을 꿇고 빌라고 해놓고서, 묶인 강사 줄은 풀어줄 수 없다고 하니 그야말로 입을 틀어막아 놓고서 밥을 먹으라는 소리나 다름이 없다.

"핫핫핫핫! 그런 새가슴으로 어떻게 울제국의 황제가 되겠느냐? 너보다는 차라리 이반이 낫다!"

기개세는 파안대소를 하며 남궁산을 비웃었다.

난도질을 당하다

남궁산은 자신이 기개세에게 농락당했음을 그제야 깨닫고 얼굴이 붉으락푸르락했다.

 하기야 천검신문 태문주가 남궁산에게 무릎을 꿇고 목숨을 구걸할 리가 없다.

 "저놈을 당장 죽여라!"

 수치심에 치를 떨던 남궁산은 기개세를 가리키며 버럭 소리를 질렀다.

 도검을 움켜쥔 울황고수들이 자신에게 몰려들고 있는데도 기개세는 껄껄 웃었다.

 "하하하! 나를 빨리 죽이지 않으면 잠시 후에는 내가 네놈 고추를 떼어버릴 것이다!"

 남궁산은 기개세가 곧 죽을 상황에서도 끝까지 자신을 조롱하자 분노의 도를 넘어서 머리가 돌아버릴 지경이다.

 "멈춰라!"

 울황고수들이 기개세 주위에 몰려들어 도검을 치켜들자 남궁산이 급히 외쳤다.

 "흐흐흐… 전설의 천검신문 태문주를 그렇게 간단히 죽일 수는 없지."

 잔인하게 미소 짓는 남궁산에게서 불길함이 물씬 풍겨졌다.

 모두들 남궁산을 주시했다.

기개세도 담담한 표정으로 남궁산을 쳐다보았다. 그는 생사를 초월한 듯 초연한 모습이다.

남궁산은 그런 기개세를 굽어보면서 득의한 표정을 지었다. 네가 과연 언제까지 그렇게 초연할 수 있는지 보자, 그런 표정이었다.

그리고 그의 입이 열렸다.

"놈의 눈알을 파내라."

태화전 대전 안에 고요한 정적이 흘렀다.

기개세도 이번만큼은 움찔 가볍게 몸을 떨며 남궁산을 조롱하지 못했다.

남궁산의 명령은 즉시 실행에 옮겨졌다. 두 명의 울황고수가 기개세의 얼굴 양옆에 한쪽 무릎을 꿇고 앉아서 품속에서 한 자루씩의 단검을 꺼냈다.

기개세는 묘한 심정이 되었다. 기실 그는 울전대에 난도질을 당하고 사로잡힌 상황이 됐을 때 탈출을, 그리고 자신의 목숨을 포기했었다.

천신여의지경을 전개한 이후에 천신기혼은 원래대로 회복되지 않았다. 난도질을 당한 상태에서 피를 너무 많이 흘렸기 때문이다.

그런 상태가 오래 지속되면 천신기혼을 회복하는 것은 가망이 없다.

난도질을 당하다

그러므로 몸속의 피를 죄다 쏟아내서 죽든지, 남궁산에게 죽든지 둘 중 하나인 운명이 될 것이다.

그래서 어차피 죽을 몸, 비굴하지 말고 호기롭게 죽자고 스스로에게 다짐했었다.

그는 남궁산이 자신을 욕보이게 하지 못하도록 일부러 화를 돋운 것이다. 그러면 분노한 그가 당장 살수를 펼칠 것이라고 짐작했었다.

그런데 예상이 빗나갔다. 남궁산은 분노를 용케 참으면서 기개세를 괴롭힐 방법을 궁리해 낸 것이다.

'장님이 되는 것인가?'

그런 생각을 하니 모든 것이 허무하기 짝이 없었다. 그러나 그는 곧 내심으로 씁쓸한 고소를 흘렸다.

'어차피 죽을 목숨이거늘……'

죽기 전에 조금 고통을 당하는 것뿐이라고 애써 자신을 위로했다.

차디찬 단검에 눈알이 파헤쳐지는 느낌은 순식간에 찾아왔다가 긴 여운으로 남았다.

푸푹!

두 자루 단검이 기개세의 두 눈 가장자리를 깊이 찌르고는 숙달된 솜씨로 눈알을 도려내 후벼 파냈다. 한 사람이 장님이 되는 시간은 한 호흡도 걸리지 않았다.

기개세는 두 눈을 주먹으로 한 대 호되게 얻어맞은 듯한 느낌을 받고는 곧 먹먹한 어둠 속에 잠겨 버렸다.

목숨을 포기하고 나니까 장님이 되는 것쯤은 수월하게 견딜 수가 있었다.

남궁산은 미간을 모았다. 두 눈알이 후벼 파지면 기개세가 최소한 비명 정도는 지를 줄 알았다. 그런데 비명은커녕 신음조차 없다.

"이번에는 혓바닥을 잘라라!"

남궁산의 으스스한 목소리가 대전을 울렸다. 네놈이 얼마나 버티나 보자는 심산이다.

사실 기개세는 눈알이 파여지기 전까지만 해도 두려운 마음이 조금쯤 있었다.

하지만 막상 아무것도 볼 수 없게 되니까 오히려 마음이 평온해졌다. 이런 식의 평온함은 일찍이 느껴본 적이 없는 것이었다.

방금 기개세의 눈알을 후벼 팠던 두 명의 울황고수가 무덤덤한 동작으로 조금 아래쪽으로 내려서 앉았다.

이어서 한 명이 기개세의 입을 크게 벌리고, 다른 한 명이 입속으로 손가락을 깊이 집어넣어 혓바닥을 붙잡고 길게 잡아당기고는 단검을 갖다 댔다.

서걱.

혀의 뿌리가 뭉텅 잘리자 기개세는 목구멍을 뜨거운 인두로 쑤시는 듯한 화끈한 열기를 느꼈으나 곧 아무렇지도 않게 되었다.
 남궁산은 기개세가 손가락 하나 까딱하지 않는 것을 보고는 더욱 이맛살을 찌푸렸다.
 그리고는 뭔가 좀 더 잔혹한 방법이 없을까를 궁리하다가 기대감이 가득한 목소리로 명령했다.
 "저놈의 양 손목과 발목을 잘라라."
 그는 기개세의 몸에 붙어 있는 것들을 모조리 잘라내 봐야겠다는 생각을 하고 있었다.
 방금 전의 울황고수들은 즉시 기개세의 양쪽 발 옆에 나누어 무릎을 꿇고 앉아 도를 머리 위로 치켜들었다.
 쉬익!
 두 자루 도가 세로로 허공을 갈랐다.
 파곽!
 두 자루 도는 기개세의 양쪽 발목을 힘껏 내리찍었다.
 그러나 발목은 절단되지 않았다. 두 자루 도는 살갗을 약간 베었을 뿐 튕겨져 올랐다.
 두 명의 울황고수는 이번에는 더욱 힘차게 도를 내리그었다.
 곽! 곽!

그러나 이번에도 마찬가지 결과다. 날이 시퍼런 도로 전력을 다해서 내려쳤는데도 한 주먹 남짓 굵기의 발목을 자르지 못한 것이다.

두 명의 울황고수는 당황한 듯이 더욱 힘을 주어 두세 차례 더 도를 휘둘렀으나 결과는 같았다.

'저놈이 설마 금강불괴지신이란 말인가……?'

그 광경을 보면서 남궁산은 아연실색하는 표정을 지었다.

그는 지금 자신이 두 눈으로 똑똑히 보고 있으면서도 불신 어린 표정을 지었다.

금강불괴지신이라는 말은 들어봤으나 그런 것이 전설상에나 있다고 여겨왔기 때문이다. 그것을 눈으로 직접 보고 있으니 어찌 놀라지 않겠는가.

옹졸한 자는 끝까지 옹졸함으로 치닫는 법이다. 그는 무슨 일이 있어도 기개세의 발목과 손목을 자르고 싶었다.

눈알을 굴리면서 궁리하던 그는 기개세에게서 일 장쯤 떨어진 바닥에 떨어져 있는 그의 검, 즉 절대신검을 발견하고 눈을 빛냈다.

"저 검으로 잘라봐라!"

울황고수는 즉시 절대신검을 집어들고 기개세의 발목으로 다가갔다.

그러자 남궁산이 몸을 일으켜 계단을 내려오면서 울황고

수에게 손을 내밀었다.

"이리 다오. 내가 직접 하겠다."

절대신검을 이리저리 살펴본 남궁산은 기개세의 발목 앞으로 가서 우뚝 섰다.

기개세의 발목은 무수한 칼질로 인해서 너덜너덜해졌으며 피투성이 상태다.

남궁산은 기개세의 얼굴을 힐끗 쳐다보았다.

기개세의 두 눈과 입에서 꾸역꾸역 피가 흘러나오고 있어서 원래 피투성이 얼굴에 피를 덧칠한 몰골이다. 그러니 무슨 표정이며 어떤 심정인지 알 수가 없다.

남궁산은 그에게서 시선을 거두고 절대신검을 머리 위로 높이 치켜들었다.

第百五十五章

성루에 효시(梟示)되다

대사부

"그래?"

이반은 눈을 크게 뜨고 놀라는 표정을 지었다.

그는 방금 수라쾌별주로부터 기개세가 남궁산에게 당한 일에 대해서 상세한 보고를 받았다.

"눈알을 파내고 혓바닥을 자르고, 그것으로도 모자라서 손목과 발목을 자른 후에는 거세(去勢:남근을 자름)를 했다는 말이냐?"

"그렇습니다."

이반은 기개세에게 원한이 골수에 맺혀 있다. 하지만 그가 남궁산 위치에 있었다고 해도 그토록 잔인하게까지는 하지 않았을 것이라고 생각했다.

이반은 지금 무한겹별의 거처 중 어느 방에서 옹색한 모습으로 쉬고 있는 중이었다.

이곳이라면 울전대라고 해도 찾아내지 못할 것이라고 생각한 것이다.

"놈의 반응은 어땠느냐?"

그것이 궁금했다. 그러면서 절대자라고 불리는 천검신문 태문주도 어쩔 수 없이 고통에 울부짖었을 것이라는 막연한 기대를 해본다. 그런 것에서 조금의 위안이라도 얻으려는 것처럼 말이다.

"신음 소리도 내지 않았으며 손가락 하나 까딱하지 않았다고 합니다."

"그… 래?"

기대가 허물어졌으나 반대로 남궁산 앞에서 의연한 모습을 보인 기개세가 조금 대견하게 여겨졌다.

어쩌면 기개세에게 동병상련의 마음을 느끼는 것인지도 모르는 일이다.

문득 이반은 곧 진중한 표정을 지었다.

"그래서 끝내는 태문주를 죽였느냐?"

"아닙니다. 자금성 궁문 앞에 사흘 동안 내걸어놓았다가 이후에 철뇌옥에 감금시킨다고 합니다."

역적의 목을 베어 수급을 성문에 효시(梟示)하는 일은 드문 일이 아니다.

그런 방법으로 만백성에게 통치자의 위엄과 반역의 부질없음을 알리는 것인데, 잔인한 방법에 비해서는 좋은 효과를 얻고 있다.

"철뇌옥이라······."

이반의 표정이 묘하게 변했다. 그는 얼마 전에 자신을 배신한 친동생 패가수를 무공을 폐지시켜서 철뇌옥에 가두라고 명령했었다.

그런데 이제 천검신문의 태문주가 눈알이 뽑히고 혓바닥이 잘리고 또 사지가 절단되어 거세된 채 철뇌옥에 갇힌다고 하니 기이한 기분이 될 수밖에 없다.

"어쨌든······."

이반은 불쾌한 기분을 떨치려는 듯 고개를 좌우로 흔들고 나서 무겁게 입을 열었다.

"천검신문 태문주를 무용지물로 만들어놓았으니 이제야말로 내가 울제국의 황제에 복위한다면 진정한 천하의 주인이 되는 것이다."

그는 황제의 자리를 절대로 포기할 수 없었다. 포기하느니 죽는 편이 나았다.

그는 부드득 이를 갈면서 뼛속 깊이 중얼거렸다.
"남궁산, 이놈······."

    *   *   *

동녘이 부옇게 터오자 아미와 독고비, 진운상, 유정, 오통은 마음이 더욱 초조해졌다.

그때까지도 기개세가 자금성에서 나오지 못하고 있었기 때문이다.

아미와 독고비는 기개세에 의해서 두 번째로 자금성을 탈출한 이후 다시는 자금성으로 들어가지 못했다.

그녀들이 자금성을 탈출한 직후에 울황고수 수백 명이 추격을 했기 때문이다.

그 이후에는 울황고수 삼천여 명이 자금성 둘레를 몇 겹으로 삼엄하게 경호를 하고 있어서 가까이에 접근조차 못하는 형편이었다.

자금성을 중심으로 주위는 오십여 장 넓이의 아무것도 없는 광장이 이어져 있고 그 끝에는 폭이 넓고 깊은 해자가 둘러쳐져 있어서 도저히 해자를 건널 수 없었다.

그래서 그녀들은 그때부터 지금 있는 이곳 어느 전각의 지붕에서 꼼짝도 하지 않은 채 기개세가 나오기만을 기다리고 있는 중이었다.

그녀들이 이곳에 있은 지 그리 오래지 않아서 진운상과 유정, 오통이 합류했다.

진운상과 유정, 오통은 동료인 유석과 손진, 모용군이 자금성 안에서 죽었으나 기개세를 걱정하느라 슬퍼할 겨를조차 없는 상황이었다.

기개세가 없으면 모든 것이 끝장이다. 구태여 천검신문의 존속이나 천하의 평화 같은 거창한 것을 생각하지 않더라도, 기개세가 없다는 자체만으로도 이들은 아무것도 하지 못할 것이다.

지난 시절에 기개세는 천검신문에 관계되는 모두에게 '절대자'의 면모만을 보여주었다.

백무일실(百無一失). 그는 완벽한 존재였다. 모두가 불가능하다고 고개를 가로젓는 어려운 일도, 그는 아무렇지도 않게 보란 듯이 성공시켰다.

그런 그가 자금성 같은 곳에서 빠져나오지 못할 리가 없다, 라고 모두가 믿어 의심하지 않았었다.

아니, 믿는다는 자체가 우스운 일이다. 그는 당연히 아무 일도 없었다는 듯이 자금성 담 위를 훌훌 날아서 나와야만 하는 것이다.

그런 믿음이 있었기에 진운상과 유정, 오통은 기개세가 철수하라고 했을 때 일말의 망설임도 없이 자금성을 떠날 수 있었던 것이다.

그런데 그 절대자 기개세가 동이 터오고 있는 지금까지도 자금성에서 나오지 않고 있었다.

이곳에 있는 다섯 사람은 기개세가 타의에 의해서 제압되었을 것이라고는 생각하지 않았다.

아니, 생각하지 않으려고 애썼다. 그런 일은 절대로 있을 수 없기 때문이다.

이곳 지붕에 서 있는 다섯 사람은 하나같이 기개세와 특별한 인연으로 맺어졌었다.

그러므로 그를 자신의 생명보다 더 소중하게 여기는 것은 너무도 당연하다.

진운상은 묵묵히 자금성에서 시선을 거두어 아미와 독고비를 쳐다보았다.

두 여자는 나란히 서서 눈도 깜빡이지 않고 자금성을 주시하고, 아니, 쏘아보고 있었다.

그녀들의 안색은 희다 못해서 아예 창백했다. 지금 그녀들의 심정이 어떨지는 일부러 헤아려 보지 않아도 진운상은 너무도 잘 알고 있었다.

필경 그녀들은 기개세를 두고 나온 자신들을 자책하고 있을 것이다.

그렇지만 이제 진운상은 하기 싫은 말을 해야만 한다.

 이곳이 자금성에서 수백 장 거리의 멀리 떨어진 곳이라고는 하지만, 날이 밝으면 자금성 둘레를 지키고 서 있는 울황 고수들의 눈에 띄고 말 것이다.

 그런 일이 벌어지기 전에 이곳을 떠나 다른 장소로 옮겨야 하는 것이다.

 "태, 태부인……."

 진운상이 그녀들에게 말을 꺼내기 전에 저 아래 골목에서 귀에 익은 나직한 목소리가 들렸다. 그런데 그 목소리는 와들와들 떨고 있었다.

 '태부인'이라는 호칭은 천검신문 태문주의 첫 번째 부인이라는 뜻이다.

 그러나 당사자인 아미나 독고비는 자금성에서 시선을 떼지 않았다. 그녀들 대신에 진운상 등이 지붕 아래 골목을 굽어보았다.

 그곳에는 천라대 북경 지부주 사록이 사색이 된 얼굴로 우두커니 서 있었다.

 태부인이나 독고비 앞에서는 무릎을 꿇거나 예를 취해야 하는데도 어떤 충격 때문에 그런 사실을 망각한 듯 그저 우두커니 서서 덜덜 떨기만 했다.

 진운상은 뭔가 심상치 않음을 직감했다. 지금 상황도 좋지 않은데 또 무슨 일인지 겁이 더럭 났다.

"무슨 일이냐?"

"태, 태문주께서……."

사록은 떨리는 손으로 자금성 쪽을 가리키며 입을 열었으나 말을 잇지 못했다.

'태문주'라는 말에 아미와 독고비는 후르륵 놀라 급히 사록을 굽어보았다.

"태문주께서 어찌 되셨다는 말이냐?"

진운상이 나직한 목소리로 꾸짖듯 말하자 사록은 얼굴이 더욱 창백하게 질려서 말을 잇지 못하고 그 자리에 털썩 주저앉아 울음을 터뜨리고 말았다.

"크흐흑……."

그 순간 아미를 비롯한 다섯 사람은 일제히 지붕에서 뛰어내려 사록 주위에 둘러섰다.

확!

"이놈, 무슨 일인지 똑똑히 말해봐라."

진운상은 사록의 멱살을 잡고 거칠게 일으켜 세우며 최대한 목소리를 낮추어 으르렁거렸다.

사록은 새파랗게 겁에 질렸다. 진운상 때문이 아니라 이제 말하게 될 내용 때문이다.

"태… 문주께서… 성문 위에… 효… 효시… 되셨습니

다……."

쿠쿠쿵!

아미를 비롯한 다섯 명의 머릿속에서, 아니, 몸속에서 굉렬한 벽력음이 폭발했다.

'효시'라는 것은 죽은 사람의 수급이나 시신을 만인에게 보이기 위해서 높이 매다는 것을 뜻한다.

그들은 자신들이 뭔가 잘못 들은 것이 아닌가 하는 표정을 똑같이 지었다.

"대가께서 효시라니, 무, 무슨 말이냐?"

잘못 들었다고 생각하면서도 독고비는 진운상을 거칠게 밀쳐 내면서 사록의 멱살을 잡으며 당장에라도 죽일 듯이 윽박질렀다.

"크흐흑… 조금 전에 주군께서 자금성 성루에 효… 시되신 것을 속하가 확인했습니다……."

사록은 사력을 다해 그 말만을 하고는 털썩 주저앉아 온몸을 부들부들 떨면서 오열했다.

"말도 안 돼……."

독고비의 까칠하게 메마른 입술 사이로 짓이겨진 듯한 중얼거림이 흘러나왔다.

순간 그녀는 정신이 나간 얼굴로 다급히 몸을 돌려 골목 입구를 향해 쏘아갔다.

"안 됩니다."

그렇지만 진운상이 그녀의 팔을 완강하게 움켜잡으며 나직하지만 힘있게 말했다.

"왜 안 된다는 거야? 내가… 내 남편을 보러 간다는데… 어째서 안 된다는 거야……?"

독고비는 이미 이성을 잃었다. 창백한 얼굴에 붉게 충혈된 눈으로 몸을 사시나무 떨 듯이 떨며 안타깝게 진운상을 바라보았다.

그 모습에 진운상은 자신의 슬픔을 묻어두고도 가슴을 칼로 도려내는 듯 괴로웠다.

"지금 자금성 앞으로 달려가면… 부인마저 붙잡히고 맙니다. 그러니 멀리서… 멀리서 확인합시다."

진운상은 죽을힘을 다해서 간신히 그 말을 하고 가쁜 숨을 헐떡거렸다.

하지만 그의 말이 독고비의 귀에 들어올 리가 없다. 평소에 다혈질인 그녀의 성격은 지금 같은 순간에 유감없이 발휘되었다.

"대가께서 성루에 효시되셨다는데 붙잡히는 것이 무슨 대수야? 두려우면 나 혼자 가겠어! 또다시 날 가로막으면 가만두지 않겠어!"

이곳이 어딘지도, 큰소리를 치면 안 된다는 사실도 잊고 그녀는 암표범처럼 하얗게 이를 드러냈다.

그러나 이번에 그녀를 막은 사람은 놀랍게도 아미다.

"언니… 대체 왜……."

아미는 밀랍처럼 창백한 얼굴로 조용히 말했다.

"일단 멀리서 확인하자. 그런 다음에 대가께서 정말 효시되었다면 우리가 총력을 기울여서 복수를 하자."

"언니……."

아미의 말은 백 번 옳았으나 독고비는 그녀가 너무도 침착하단 사실에 충격을 받았다.

"만약… 우리에게 무슨 일이 생긴다면 대가의 복수는 누가 해드리겠어?"

그 역시 맞는 말이라서 독고비는 항변하지 못했다. 하지만 여전히 아미의 차분함이 마음에 걸렸다.

"일단 가보고 확인하자."

평소에 아미는 이런 식으로 강압적이지도, 독고비에게 대놓고 하대를 하지도 않았다.

독고비는 어떻게든 한시바삐 기개세를 봐야 하기 때문에 이곳에 더 오래 있고 싶은 생각이 없었다.

"알… 았어요."

이어서 그녀는 발길을 돌려 골목 입구를 향해 쏘아갔다.

그러면서 아미가 어떻게 저리 태연할 수 있는 것인지, 그렇다면 그동안 기개세를 사랑한 것이 아닐지도 모른다는 생각을 했다.

"태부인!"

그때 뒤에서 사록의 다급한 외침이 터졌다.

독고비와 진운상 등은 급히 뒤돌아보다가 크게 놀랐다. 아미가 바닥에 쓰러져 있는데 입에서 피를 토하고 있는 것을 발견했기 때문이다.

아미는 아미 혼절을 한 상태이며 얼굴이 핏기 한 올 없이 창백했다.

독고비는 그녀를 보면서 자신이 오해를 했다는 사실을 깨달았다.

　　　　　*　　　*　　　*

자금성 성문이 정면으로 바라보이는 어느 전각의 지붕 위에 아미 등 다섯 명이 나란히 서 있다.

그러나 그들은 아무도 입을 열지 못했다. 단지 만면에 극도의 경악지색만 떠올라 있을 뿐이다.

그들의 시선은 최소한 칠백여 장 이상 거리의 자금성 성루에 고정되어 있었다.

성루에는 굵은 나무 기둥이 솟아 있고, 그곳에 무엇인가 붉은 물체가 매달려 있었다.

그것은 추호도 사람이라고 볼 수가 없었다. 그냥 하나의 고깃덩이였다.

하지만 아미 등 다섯 사람은 그 고깃덩이가 무엇이라는 것을, 아니, 누구라는 것을 한눈에 알아보았다.

고깃덩이는 기개세였다. 칠백여 장의 먼 거리지만 다섯 사람에겐 눈앞에서 보는 것처럼 선명했다.

설사 기개세가 죽어서 한 줌의 재가 된다고 해도 이들은 그를 알아볼 수 있을 것이다.

다섯 사람은 살아 있어도 죽은 것 같은 절망적인 심정으로 기개세에게서 눈을 떼지 못했다.

그들은 이날까지 수많은 싸움터를 누비고 다녔었지만, 지금 자신들이 보고 있는 기개세의 몰골처럼 처참한 모습은 단연코 한 번도 본 적이 없었다.

다섯 사람 모두 울고 있다. 하지만 그들의 눈에서 흐르는 것은 눈물이 아니다. 피눈물[血淚]이다.

새빨간 피가 뺨을 타고 흘러 발등에, 그리고 지붕에 뚝뚝 떨어졌다.

독고비는 너무 큰 충격을 받아서 온몸에 힘이 빠져 발작을 일으키지도 못했다.

다섯 사람은 그저 온몸을 사시나무 떨 듯이 와들와들 떨면

성루에 효시(梟示)되다

서 피눈물을 흘리며 자금성 성루를 하염없이 바라보고 있을 뿐이었다.

그들의, 아니, 천검신문의, 아니, 만백성의 절대자인 천검신문 태문주가 두 눈이 뽑히고 혓바닥이 잘리고, 사지가 절단되고, 남근이 잘린 채 벌거숭이 몸으로 피투성이가 되어 저기에 매달려 있는 것이다.

기개세 머리 위에는 커다란 천이 펄럭이고 있었는데, 거기에는 이렇게 적혀 있었다.

陋劍糞門 犬門主.

천검신문의 '천검'을 '누검', 즉 더러운 검으로, 그리고 '신문'을 '분문', 즉 '똥문파'라고 바꿨다.

뿐만 아니라 '태문주'를 '견문주' 개문주로 바꿔서, '더러운 똥문파의 개문주'라고 조롱한 것이다.

"대가께선… 돌아… 가신 건가요?"

그때 독고비가 갈라진 목소리로 겨우 입을 열었다.

"모르겠습니다."

진운상은 떨리는 목소리로 대답했다. 하지만 그는 기개세가 이미 죽은 것이라고 생각했다.

어느 누구라도 저런 상태에서 그가 살아 있다고 보기는 어려웠다.

더구나 지켜보고 있는 반 시진 동안 그는 미동조차 하지 않고 있었다.

"아……."

그때 독고비가 그 자리에서 스르르 무너지듯 주저앉더니 길게 누워버렸다.

진운상이 놀라서 쳐다보니 그녀는 이미 혼절하여 호흡이 미약한 상태다.

그는 즉시 독고비의 손목을 잡고 맥을 살핀 후에 부드러운 진기를 주입시켰다.

잠시 후에 독고비는 깨어났으나 아무 말도 하지 않고 누운 채 눈물만 하염없이 흘렸다.

"저기 봐요."

그때 유정이 흐느끼듯 울음 섞인 목소리로 자금성 앞의 광장을 가리켰다.

자금성 앞 드넓은 광장에는 성루에 매달린 기개세를 보기 위해서 사람들이 모여들고 있었다.

이른 아침이지만 사람들은 여기저기에서 끊이지 않고 계속 모여들었다.

"우리도 갑시다."

진운상이 말하자 독고비는 벌떡 일어섰다.

자금성 성문 앞에는 울황고수들이 겹겹이 삼엄하게 경호를 하고 있었다.

모여든 성민들은 성문에서 이십여 장 떨어진 곳에서 성루에 매달린 피투성이 고깃덩이를 올려다보았다.

아무도 말을 하지 않았다. 하지만 그들은 성루에 매달린 고깃덩이가 무엇인지 알고 있었다. 천라대 고수들이 진실을 퍼뜨렸기 때문이다.

일각 사이에 사람들은 천여 명이 되더니, 이각이 지날 무렵에는 만여 명으로 불어났다.

그것이 전부가 아니다. 사람들은 계속해서 점점 더 불어나고 있었다.

성루에 매달린 기개세를 올려다보는 사람들에겐 하나의 공통점이 있었다.

모두가 한마음 한뜻이 되어 울고 있다는 사실이다.

소리없이 눈물만 흘리는 사람이 있는가 하면, 가슴을 쥐어뜯고 주먹으로 쿵쿵 가슴을 치면서 억장이 무너지듯 흐득흐득 우는 사람도 있고, 두 손을 합장하고 염불을 외우며 우는 사람도 있다.

아미 등 다섯 사람은 앞쪽에 있었다. 그러나 울황고수들의 눈에 띌까 봐 맨 앞으로는 가지 못하고 맨 앞에서 오 장쯤 뒤에 나란히 서서 기개세를 바라보고 있었다.

모여 있는 모든 사람들이 가슴을 쥐어짜면서 오열을 하고 있기 때문에 아미 등 다섯 사람이 우는 것을 이상하게 여기는 사람은 아무도 없었다.

기개세를 발견한 지 한 시진이 지났는데도 충격은 가시지 않고 오히려 처음보다 더 지독한 충격과 슬픔에 빠져 있는 다섯 사람이었다.

지금 다섯 사람 중에서 제정신인 사람은 아무도 없었다.

머릿속이 텅 비어서 그저 극심한 슬픔과 절망에만 빠져 있는 중이었다.

오죽하면 그토록 냉철한 아미마저도 정신을 차리지 못하고 있겠는가.

천족으로서 천문 사상 최초로 태문주의 부인이 되었던 그녀는 지금은 천족이며 기개세의 수하라기보다는 단지 그의 아내 중 한 사람일 뿐이다.

지금 그녀는 천족이 아닌 한 사람 기개세의 아내로서 절망에 빠져 있었다.

[태부인, 주군께서 살아 계십니까?]

그때 가장 먼저 정신을 차린, 아니, 수습하려고 애쓴 진운상이 아미에게 전음을 보냈다.

그런데도 아미는 그게 무슨 말인지 알아듣지 못했다.

진운상은 한 번 더 말할까 하다가 그녀가 너무도 참담한 표정을 짓고 있는 것을 보고 그만두었다.

우르릉!

그때 갑자기 은은한 벽력음이 울렸다.

사람들이 하늘을 올려다보았다. 하늘은 구름 한 점 없이 청명하게 맑고 부드러운 햇살이 지상을 비추고 있었다.

번쩍!

그런데 그 맑은 하늘에서 느닷없이 한줄기 시뻘건 섬광이 작렬했다.

꽈르르르릉!

뒤이어 천지를 쪼갤 듯한 굉렬한 벽력음이 터졌다.

사람들은 모두 놀라서 우왕좌왕했다.

그러더니 어디선가 시커먼 구름이 모여들기 시작했다.

주위가 어두컴컴해졌으며 잠시 후에는 마치 한밤중인 양 사위가 캄캄하게 변했다.

쏴아아ㅡ!

그리고는 급기야 굵은 장대비가 쏟아지기 시작했다. 마치 천지를 깡그리 쓸어버릴 듯이 거세게 퍼부어댔다.

난데없는 장대비에 사람들은 놀라움을 금치 못하고 허둥거렸으나 곧 잠잠해졌다.

누군가 우렁찬 목소리로 외쳤기 때문이다.

"하늘이 천신황제님의 붕어(崩御)를 슬퍼하시는 것이오!"

촤아아—

소나기는 점점 더 거세졌다. 그렇지만 사람들은 아무도 자리를 떠나지 않았다.

쏟아지는 비에 기개세의 몸에서 피가 씻겨 나가면서 점차 본래의 모습이 선명하게 드러났다.

"아아……"

"맙소사……"

그러자 여기저기 사람들의 입에서 탄식이 터져 나왔다.

두 눈이 파내져서 퀭하게 어둡고, 반쯤 벌어진 입안에는 혀가 보이지 않았다.

무참하게 잘려 나간 손목과 발목, 그리고 남자의 상징인 남근도 사라진 모습이다.

북경성 성민들이 한 명도 남김없이 모조리 운집한 것 같은 광장에서 남녀노소 그 누구도 기개세의 처참한 모습에서 눈을 돌리지 않았다.

민망하다고 부끄러워하지도, 흉하다고 얼굴을 찌푸리는 사람도 없었다. 그저 모두들 더없이 슬픈 얼굴로 눈물을 흘리고 있을 뿐이다.

이제 천하의 평화는 끝났다는 절망에 우는 사람도 있었으나, 대부분은 절대자의 죽음을 마치 가족의 죽음처럼 애도하

성루에 효시(梟示)되다 217

고 있었다.

"대가……."

기어코 독고비가 더 이상 견디지 못하고 그 자리에 무너지며 다시 혼절하고 말았다.

진운상은 급히 그녀 곁에 웅크리고 앉아 품에 안고는 진기를 주입시켰다.

아미는 차가운 빗물을 뒤집어쓰고는 정신이 들었다. 그리고는 지금 자신이 해야 할 일이 무엇인지 생각해 냈다.

창백한 입술을 꼭 깨문 그녀는 천신기혼을 극한으로 끌어올려 기개세에게 보냈다. 그가 숨을 쉬고 있는지 알아보려는 것이다.

그는 누가 보더라도 골백번은 죽었을 것 같은 모습이지만, 아미는 믿으려 하지 않았다.

그런데 천신기혼을 보냈는데도 기개세에게서 아무것도 느껴지지가 않았다. 생명의 징후 같은 것은 그 어느 것도 전해져 오지 않았다.

'제발… 이대로 돌아가시면 안 돼요…….'

빗물에 섞인 눈물을 쏟으면서 아미는 간절히 애원했다.

이제 광장에 모인 사람은 수십만 명에 달했다. 그들은 발에 뿌리가 내린 듯 꼼짝도 하지 않은 채 기개세를 바라보면서 슬퍼했다.

냉정한 현실은 아미에게 기개세는 죽었으니 이제 그만 그를 놓아주라고 만류했다.

'당신이 죽으면 저도 죽어요…….'

그래도 아미는 천신기혼으로 기개세의 온몸을 훑는 것을 멈추지 않았다.

지혈되지 않은 기개세의 온몸 수백 군데 상처에서는 계속 피가 흘렀다.

"아……."

문득 아미는 나직한 탄성을 흘렸다. 기개세의 기혈이 아주 미약하게 흐르고 있는 것을 천신만고 끝에 감지해 냈기 때문이다.

"그는 살아 계셔."

그녀가 눈을 빛내며 중얼거리자 독고비와 진운상, 유정, 오통의 얼굴에 더없는 기쁨이 가득 떠올랐다. 네 사람은 아미의 말을 의심하지 않았다.

천검신문 내에서 기개세를 제외하고는 가장 뛰어난 실력을 지녔으며, 모두에게 믿음을 주는 사람이 바로 그녀이기 때문이다.

다섯 사람은 기개세가 어떤 모습으로든 살아만 있는 것으로도 더할 나위 없이 기뻤다.

기개세는 가사(假死) 상태에 빠져 있었다.

한 올의 의식조차 없기 때문에 그도 자신이 죽었는지 살았는지 알지 못했다.

그저 캄캄하고도 깊은 끝없는 나락으로 추락하고 있는 듯한 느낌만 아련하게 느껴질 뿐이다.

[대가······.]

그때 어디선가 귀에 익은 목소리가 아스라이 들려왔다.

하지만 목소리의 끄트머리를 찾아낼 수가 없다. 누구의 목소리인지 기억을 해낼 수도 없다. 그것은 그저 '목소리'다. 언젠가 들은 적이 있는 듯한.

[대가, 아미예요.]

'아미······.'

속으로, 아니, 영혼 속에서 중얼거리면서 그 이름이 무엇을 의미하는지 기억을 더듬어보았다.

[비아도 함께 왔어요. 지금 대가를 보고 있어요.]

'비아······.'

[소녀들의 천신기혼을 대가께 드리겠어요. 절대 포기하지 마세요.]

'천신기혼······.'

그는 아미라던가 비아, 천신기혼 같은 말들을 처음 듣는 것 같았다.

그때 기개세는 몸이 따스해지는 듯한 느낌을 받았다.

또한 싱그럽고 부드러운 바람이 가슴과 머릿속을 통과하는 듯한 느낌도 받았다.

나른한 평온함이 그의 몸을 회복시키고 있을 무렵 정신도 조금씩 제기능을 되찾기 시작했다.

[주군, 운상입니다.]

그때 굵직한 사내의 목소리가 귓전을 울렸다.

'진운상······.'

정신이 웬만큼 돌아온 그는 진운상이 누군지 기억해 냈다.

[태부인과 독고 부인께서 주군의 이십여 장 앞에서 주군을 보고 계십니다.]

'아미, 비아······.'

그때 기개세는 처음으로 자신의 눈이 보이지 않게 된 안타까움을 느꼈다.

그 무엇보다도 아미와 독고비가 보고 싶었다. 그리고 자신이 얼마나 그녀들을 사랑하고 있는지 말해주고 싶었다.

하지만 그녀들을 바라볼 눈이 없으며 사랑한다고 말해줄 혀가 없다.

기개세는 아까에 비해서 상태가 많이 좋아졌다. 그러나 가사 상태에서 깨어났다는 정도이지 무공을 발휘하는 것은 언감생심 꿈도 꾸지 못할 일이다.

성루에 효시(梟示)되다

그는 두 눈으로 아미와 독고비를 보지는 못하지만 그녀들을 느끼고 싶었다.

그래서 진운상이 가르쳐 준 대로 그녀들이 있다고 짐작되는 곳을 눈알 없는 눈으로 쳐다보기 위해서 애썼다.

그러나 몸이 뜻처럼 움직여 주지 않는다. 그녀들을 보는 것도 아니고, 단지 느끼려는 것뿐인데 하늘은 그마저도 허락해 주지 않는 듯했다.

"저기……."

진운상이 급히 기개세를 가리켰다. 그의 목소리는 나직했으나 희열에 넘쳤다.

그는 쏟아지는 소나기를 흠뻑 맞으면서 바닥에 나란히 앉아 있는 아미와 독고비를 굽어보며 기개세를 가리켰다.

"주군께서 고개를 드셨습니다."

"아……."

"그이가……."

아미와 독고비는 추위에 오들오들 떨면서도 얼굴 가득 기쁨을 떠올렸다.

그녀들은 조금 전에 자신들이 지니고 있는 천신기혼을 기개세에게 모두 보내주었다.

아까 독고비는 아미의 손을 잡고 자신의 천신기혼을 그녀에게 주입했었다.

그리고 아미는 자신과 독고비의 천신기혼을 모아 허공을 격하여 기개세에게 주입시켰던 것이다.

단 한 움큼의 천신기혼도 남기지 않고 깡그리 기개세에게 준 두 여자는 서 있을 기력조차 없어서 그대로 주저앉아 비를 맞으며 떨고 있었다.

그녀들은 천족이기 때문에 세월이 지나면 다시 천신기혼을 생성시킬 수가 있다.

하지만 지금 같은 수준이 되려면 최소한 십 년 이상이 걸릴 것이다.

그래도 그녀들은 자신들의 천신기혼을 기개세에게 주는 것을 추호도 아까워하지 않았다. 목숨보다 더 사랑하는 님이거늘, 목숨인들 아깝겠는가.

아미와 독고비는 진운상과 유정의 부축을 받으면서 힘겹게 일어섰다.

그녀들의 시선이 제일 먼저 향한 곳은 당연히 기개세에게다.

그리고 그녀들은 기개세가 이곳을 바라보고 있는 것을 발견했다.

"아아……."

눈알이 없는 검게 퀭한 눈으로 이곳을 쳐다보고 있는 기개세였다.
 보이지 않지만 사랑하는 아내들을 느끼려 하는 간절함이 그 모습에서 뚝뚝 묻어났다.
 두 여자의 눈에서 방울방울 눈물이 흘렀다. 천신기혼이 없기 때문에 기개세의 모습은 그저 보통 사람 시선으로밖에는 보이지 않았다.
 "대가께 전해주세요. 사랑한다고요. 돌아오실 때까지 기다리겠다고요."
 독고비가 흐느끼면서 진운상의 팔을 꼭 잡고 말했다.
 기개세의 귓전을 진운상의 젖은 목소리가 울렸다.
 [독고 부인께서 사랑한다고 전해달라고 하십니다. 주군께서 돌아오실 때까지 기다리겠다는 말씀도요.]
 기개세는 독고비의 모습을 찾으려는 약간 두리번거렸다.
 그의 그런 모습에 광장 전체가 술렁거렸다.
 그러더니 갑자기 우레 같은 함성이 터져 나왔다.
 "와아아ー! 천신황제 만세ー!"
 "와아아아ー! 천신황제 만만세ー!"
 그때 놀라운 일이 벌어졌다.
 억수같이 쏟아지던 장대비가 서서히 걷히기 시작하더니 잠시 후에 완전히 그쳤다.
 그뿐이 아니다. 한밤중처럼 캄캄했던 사위가 점점 밝아지더니 먹구름이 사방으로 흩어졌다.

  그리고는 동쪽 먼 하늘에 찬란한 무지개가 드리워졌다.

  모든 사람들은 무지개를 보면서 그것이 천신황제의 무언의 약속이라고 믿었다.

  반드시 돌아오겠다는…….

第百五十六章
철뇌옥(鐵牢獄)

대사부

천검신문 태문주에게 복수를 했다는 남궁산의 희열은 그다지 오래가지 않았다.
 현재 자신이 직면해 있는 냉엄한, 그리고 움직일 수 없는 현실을 깨달았기 때문이다.
 그 현실이란 다름이 아니다. 한인이 울제국의 황제가 될 수 없다는 간단하고도 명확한 사실이다.
 그가 한인이라는 사실은 천하가 알고 있다. 울제국의 황제가 되기 위해서라면 서장인이 되고 싶은 마음이 굴뚝같지만, 현실에서는 불가능한 일이었다.

그는 자신이 서장인이 되고 싶어 하는 날이 오게 될 줄은 꿈에도 생각하지 못했다.

이미 물은 엎질러졌다. 반수불수(反水不收). 엎질러진 물은 다시 주워 담을 수 없다는 것이 만고불변의 진리다.

남궁산은 복수에 눈이 멀어서 이미 울제국의 황제 행세를 해버렸다.

이제는 절대로 돌이킬 수가 없게 되었다. 맹렬하게 달리고 있는 호랑이 등에 올라탄 기호지세(騎虎之勢)의 형국이다.

'어떻게 한다?'

그는 태사의에 깊숙이 몸을 묻은 채 아까부터 계속 속으로 그 말만 되풀이하고 있는 중이었다.

한바탕 태풍이 몰아치고 난 이후 제정신이 돌아오고 나서 곰곰이 생각해 보니까 그가 울제국의 황제가 되기 위해서는 장애 요소가 한두 개가 아니었다.

그러나 뭐니 뭐니 해도 가장 큰 걸림돌은 그가 한인이라는 움직일 수 없는 사실이었다.

수하들이 모조리 서장인들뿐인데 황제 혼자 달랑 한인이라는 것은 코흘리개가 봐도 말이 되지 않는 일이다.

남궁산은 자신이 울황제의 자리에 오를 수 있는 방법이 없을까를 머리가 터지도록 생각했으나, 해답은 떠오르지 않고 말 그대로 머리가 터질 지경이었다.

'결국 그 방법뿐인가?'

마침내 그는 씁쓸한 얼굴로 내심 중얼거렸다.

그가 아까 일찌감치 생각해 냈던 방법은 패가수를 이용하는 것이다.

패가수를 허수아비 울황제로 앉혀놓고 자신이 뒤에서 조종을 하는 방법, 즉 섭정(攝政)이다.

강골인 패가수를 회유하는 것은 어려운 일이다. 그를 이용하려면 협박하는 수밖에 없다.

남궁산은 패가수에 대해서 누구보다도 잘 알고 있기 때문에 그를 협박하는 것을 낙관하고 있었다.

패가수는 강골이지만 정이 깊고 신의가 깊은 인물이다. 그것을 이용하면 협박은 어려운 일이 아니다.

하지만 남궁산은 여전히 기분이 개운치 않았다. 자신이 울황제가 되지 못하기 때문이다.

"와아아—!"

바로 그때 허공을 떨어 울리는 굉장한 함성이 터지는 바람에 남궁산은 움찔 놀랐다.

"무슨 일이냐?"

그는 신경질적으로 소리쳤다.

대전 안을 호위하고 있던 울황고수 한 명이 즉시 밖으로 달려나갔다가 잠시 후에 돌아와서 보고했다.

"광장에 운집한 수십만 백성들이 천검신문 태문주에게 환호를 보내고 있습니다."

남궁산의 인상이 확 일그러졌다.

"환호를? 그놈은 아직 죽지 않았느냐?"

"그렇습니다."

"어째서 환호를 보내는 것이냐?"

남궁산은 속에서 은근히 부아가 치밀었다.

자신은 울황제가 되기 위해서 전전긍긍하고 있는데, 백성들은 다 죽어가는 놈에게 환호를 보내고 있다니 배알이 있는 대로 뒤틀렸다.

"태문주가 살아 있는 것을 백성들이 확인했기 때문에 기쁨의 함성을 지르는 것입니다."

"어떻게 살아 있는 것을 확인했다는 것이냐?"

"태문주가 움직였습니다."

"움직여?"

"태문주가 고개를 들었다고 합니다."

문득 남궁산은 울황고수가 말끝마다 '태문주, 태문주'라고 부르는 것이 신경에 거슬렸다.

"태문주라고 하지 마라!"

그래서 자신도 모르게 버럭 소리를 질렀다. 그리 오래지 않은 동안 앉아 있는 권력의 자리에 자신도 모르게 맛이 들여진 것인지 울황고수가 진짜 자신의 수하로 여겨져서 함부로 대한 것이다.

울황고수는 남궁산의 말뜻도, 그가 화를 내는 이유도 모르겠다는 듯 우두커니 서 있었다.

그래서 남궁산은 자신의 실수를 깨닫고 쓸데없는 시기심은 접기로 했다.

어쨌든 그는 어이가 없었다. 만신창이로 만들어놓은 놈이 숨만 겨우 붙어 있다고 운집한 백성들이 환호를 지르다니, 대가리에 똥만 가득 든 무식한 백성들은 어쩔 수 없다는 생각이 들었다.

그러나 이대로는 좋지 않다. 무식한 백성이라지만 민심(民心)은 곧 천심(天心)이라고 하지 않았는가.

천심이 움직이기 시작하면 걷잡을 수 없게 된다. 그런 예는 고사에도 수두룩하다.

이제 다시 생각해 보니 어쩌면 태문주를 효시한 것은 역효과를 불러올지도 모른다.

승리감에 도취하여 과시욕 때문에 태문주를 효시하고 의기양양했었는데 자칫 그것이 화를 불러일으킬 수도 있다는 생각이 들었다.

애초에는 태문주를 사흘 동안 성루에 효시할 생각이었으나 이쯤에서 그만두는 것이 좋을 것 같다.

태문주를 죽이는 것은 아직 마음이 내키지 않는다. 죽이려고 마음만 먹으면 벌레 한 마리 죽이는 것처럼 간단한 일이지만, 죽인 후에는 다시 살려낼 수가 없다.

태문주를 살려둬야 이득이 될 만한 일들이 뭔가 더 있을 것 같다는 기분이 들었기 때문이다.

그렇다. 천검신문이 아직 건재하지 않은가. 그놈들을 협박하고 견제하려면 태문주를 살려두는 편이 좋다. 그것 하나만 봐도 태문주의 가치는 아직 남아 있다.

"놈을 철뇌옥에 가둬라."

남궁산은 손을 저으면서 명령하고는 다시 아까의 고민거리로 돌아갔다.

이반이 울황태신을 은밀하게 만나는 것은 무모할 수도 있는 모험이다.

그는 지금껏 단 한 번도 울황태신을 직접 대면한 적이 없었다. 그럴 기회가 없었기 때문이다.

울황태신은 부친 율가륵의 충성스러운 심복이었다. 하지만 지금은 한인, 아니, 생각하는 것만으로도 구역질이 치미는 교활한 남궁산의 심복이다.

그것은 울황태신의 잘못이 아니다. 오직 항세검만이 울전대에게 명령을 내릴 수 있으며, 항세검을 지닌 자가 울제국의 황제에 오를 수 있다고 못을 박아놓은 그 빌어먹을 율법 때문이다.

이반의 부름에 울황태신이 순순히 올 것인가 하는 것은 아직 미지수다.

그가 항세검을 지닌 남궁산에게 무조건적으로 맹종하고 있다면 이반이 은밀히 만나자고 한 사실을 남궁산에게 보고했을지도 모른다.

그랬다면 잠시 후에 이곳에 울황태신은 수하들을 이끌고 와서 이반을 공격할 것이다.

그러면 그것으로 끝장이다. 울전대를 상대로 싸워서 이길 자신은 없다.

그런 막대한 위험부담이 있다는 것을 잘 알고 있으면서도 이반은 반드시 울황태신을 만나야만 했다. 그가 유일한 돌파구이기 때문이다.

만약 다행히 울황태신이 이곳에 혼자 온다면, 이반은 그에게 남자 대 남자로서, 그리고 같은 서장인으로서 설득을 해볼 계획이다.

현재로선 이반이 울황태신을 설득하는 것밖에는 달리 방법이 없다. 그래서 위험을 무릅쓰고서라도 기필코 그를 만나려는 것이다.

남궁산에게는 울전대가 있고, 이반에게는 신삼별조가 있

다. 그러나 전력으로 따진다면 신삼별조는 울전대의 삼 할에도 미치지 못한다.

"폐하, 울황태신입니다."

그때 문밖에서 수라쾌별주의 공손한 음성이 들렸다. 그가 일부러 '폐하'라는 말에 힘을 주었다는 사실을 이반은 감지했다. 고마운 일이다.

이반은 바짝 긴장했다. 이런 긴장감은 일찍이 가져본 적이 없었다.

"들어와라."

그는 심호흡을 한 후 조용히 말했다. 그는 일단 안도했다. 만약 울황태신이 좋지 않은 목적으로 왔다면 이런 식으로 방문하지는 않았을 것이기 때문이다.

문이 열리고 울황태신이 들어섰다. 그는 이반이 앉아 있는 탁자 앞의 의자로 곧장 걸어와서 세 걸음 거리를 두고 우뚝 멈춰 섰다.

황제에 대한 예를 갖추지도 않았으며, 최소한 목례 정도도 하지 않았다.

하지만 이반은 지금 그런 것에는 조금도 불쾌하지 않았다. 찬밥 더운밥 가릴 처지가 아니다.

오히려 그는 탁자 맞은편의 의자를 가리키며 온화한 표정을 지었다.

"앉게."

그러나 울황태신은 꼼짝하지 않고 서서 입을 굳게 다물고 있다. 할 말이 있으면 하라는 뜻이다.

이반은 자신의 말이 무시당했으나 개의치 않았다. 그런 것에 일일이 신경 쓸 겨를이 없다.

그는 어떻게 말을 꺼내야 할지 잠시 궁리하다가 그냥 까놓고 단도직입적으로 말하기로 마음먹었다.

"내 수하가 될 생각은 없느냐?"

"없습니다."

일고의 여지도 없다는 듯 울황태신은 단호하게 대답했다. 굵직하고 나직하지만 힘이 실려 있는 목소리다.

이 정도에서 물러날 이반이 아니다.

"항세검을 지니고 있는 자가 누군지 아느냐?"

"알고 있습니다."

"누구냐?"

"한인이며 과거 무림오대세가였던 남궁세가의 후예이고, 얼마 전까지 대황군을 따랐던 인물입니다."

이반은 울황태신이 비교적 자세히 알고 있다는 사실에 적잖이 놀랐으며, 또한 그렇기 때문에 그를 회유할 희망이 있음을 느꼈다.

"너는 서장인이고 울전대 모두도 서장인이 아니냐?"

울황태신은 묵묵히 듣기만 했다. 당연한 사실이라서 대답할 필요를 느끼지 못했기 때문이다.

"애초에 삼황사벌이 합심하고 또 울전대를 만든 이유는 천하를 정복하고 이 땅에 울제국을 세우겠다는 크나큰 포부가 있었기 때문이다."

이반은 꼿꼿한 자세를 풀지 않은 채 울황태신의 반응을 살피면서 말을 이었다.

"그리고 우리는 마침내 중원을 정복했고 또 이곳에 울제국을 세웠다. 그 과정에 우리는 많은 희생을 치렀으며 끝내는 아버님께서도 돌아가시고 말았다."

이반은 자못 비통한 표정을 지었다.

"그렇게 해서 얻은 중원을 한인에게 고스란히 바치는 것이 옳단 말이냐? 수백만의 서장인들이 단 한 명의 한인에게 머리를 조아리고 충성을 해야 마땅하단 말이냐?"

그래도 울황태신은 끄떡도 하지 않았다.

이반의 언성이 높아지고 목소리에는 힘이 실렸다.

"너도 생각이 있는 인간이지 않느냐? 또한 나와 같은 서장인이지 않느냐? 기르는 가축이 아니지 않느냐? 네가 율법에 얽매여서 주변의 사정이나 시대의 흐름을 외면한 채 남궁산에게 충성한다면 가축이나 다를 바 없지 않느냐?"

드디어 울황태신의 짙은 눈썹이 가늘게 찌푸려지는 것을

이반은 놓치지 않았다.

"개조차도 주인을 바꾸어 따르지 않는다. 네가 정녕코 민족을 외면하고 율법에 얽매어 남궁산 따르기를 고집한다면 개보다도 못한 놈이 아니겠느냐?"

쿵!

그때 울황태신은 한쪽 발을 들어 가볍게 발을 굴렀다. 바닥이 푹 꺼지며 발목까지 묻혀 버렸다. 그의 행동은 모욕을 그만두라는 뜻이다.

그러나 이반은 들은 체도 하지 않았다. 울황태신의 행동은 그의 감정이 흔들리고 있음을 뜻하기 때문이다.

"너는 소인배가 아니지 않느냐? 지금 율법을 어긴다고 해서 아무도 너를 탓하거나 벌을 내리지 않는다. 아니, 오히려 진정한 애국자라고 칭송할 것이다. 부디 큰마음으로 넓게, 그리고 멀리 봐라. 어떻게 하는 것이 진정으로 민족을 위하는 길인가를."

이반은 식은 찻잔을 들어 입으로 가져가다가 다시 탁자에 내려놓고 못을 박듯이 말했다.

"민족의 반역자가 될 것인가, 아니면 역사에 길이 남을 충신이 될 것인가는 너의 결정에 달려 있다."

울황태신의 뺨이 가볍게 씰룩였다. 그는 이글거리는 눈빛으로 한동안 이반을 쏘아보았다.

상대가 이반이 아니었다면 벌써 울황태신의 손에 죽음을 면치 못했을 것이다.

그러나 이반은 울황태신의 시선을 외면하지 않고 똑바로 마주 쏘아보았다.

중원에서는 정복자로 지탄받는 이반이지만, 다른 시야로 보면 그도 영웅의 한 사람이다.

그러므로 어느 면으로나 울황태신보다 나으면 나았지 모자라지는 않는다.

그는 처음에 했던 말을 다시 한 번 했다.

"한인의 개를 그만두고 내 수하가 되라."

그리고는 입을 굳게 다물었다. 하고 싶은 말은 다 했다. 설혹 미진한 마음이 들어서 더 하고 싶은 말이 생각나더라도 지금은 침묵할 때라는 것을 그는 알고 있었다. 말을 더 하면 오히려 일을 그르친다.

실내에 한동안 무거운 침묵이 흘렀다. 울황태신은 이반에게서 시선을 거두고 약간 고개를 숙인 채 뭔가 생각하는 듯한 모습을 보이고 있다.

그는 내심으로 율법과 민족 사이에서 갈등하고 있는 것이 분명했다.

어쩌면 그도 생각이 있는 인간이기에 이반이 이런 말을 하기 전에도 나름대로 갈등을 하고 있었을 것이다. 거기에 이반이 기름을 부은 것이다.

　이반은 몹시 초조했으나 느긋하게 식은 차를 마시면서 울황태신의 결정을 기다렸다.

　울황태신을 두 번, 세 번 만나서 같은 얘기를 반복하면서 설득할 수는 없다. 그러므로 오늘 이 자리에서의 결정이 매우 중요한 것이다.

　"오늘 얘기는 듣지 않은 것으로 하겠습니다."

　달그락.

　이반은 태연히 찻잔을 내려놓다가 울황태신의 말을 듣고는 찻잔을 엎지르고 말았다.

　슥.

　울황태신은 몸을 돌려 곧장 문으로 걸어갔다.

　그 뒷모습을 무섭게 쏘아보는 이반의 얼굴이 보기 싫게 일그러졌다.

　"너는 남궁산이 아니라 항세검에 복종하는 것이냐?"

　울황태신이 막 문을 열려고 할 때 이반이 나직하지만 위압적으로 말했다.

　"그렇습니다."

　울황태신은 돌아보지 않은 채 대답했다.

　"그렇다면 어떤 방법으로든 항세검이 내 손에 넘어오면 내게 복종하겠구나."

"그렇습니다."

남궁산은 지금이 매우 중요한 순간이라고 생각했다.

"너는 남궁산이 내린 명령에만 복종하겠지?"

"그렇습니다."

울황태신은 여전히 돌아서지 않은 채 우뚝 서서 같은 말만 되풀이했다.

"남궁산이 자신을 호위하라고 명령하면 단 한 명의 울황고수만으로 호위하더라도 명령 불복종은 아니겠지?"

만약 남궁산이 몇 명의 울황고수가 어떤 방식으로 자신을 호위하라고 일일이 명령하지 않고 울황태신의 재량에 맡긴다면, 이반의 말도 가능하다.

"그렇습니다."

"그렇게 해줄 수 있느냐?"

이반은 흥분을 억누르면서 물었다.

"울전대는 항세검의 주인의 명령대로만 따릅니다."

척!

울황태신은 그 말을 끝으로 방을 나갔다.

'됐다!'

이반은 쾌재를 부르며 주먹으로 손바닥을 쳤다.

울황태신이 방금 말한 '명령대로'의 뜻은 이반의 요구를 들어주겠다는 간접적인 표시다.

즉, 남궁산이 일일이 어디를 어떻게 지키고 또 몇 명이 어떤 방법으로 호위하라고 명령하지 않는다면, 최소한의 호위의 형식만 취해놓겠다는 뜻이다. 그다음은 이반이 알아서 하라는 것이다.

이반은 울황태신을 믿을 수 있다고 생각했다. 만약 그가 나쁜 마음을 품고 있었다면 애초에 여기에 혼자 오지도 않았을 것이다.

이제 이반이 할 일은, 신삼별조를 남궁산 주위에 은밀히 배치했다가 기회가 포착되는 순간 순식간에 해치우고 항세검을 손에 넣으면 되는 것이다.

조마조마하던 마음이 눈 녹듯이 사라지면서 이반의 입가에 마침내 득의한 미소가 피어났다.

"후후… 천검신문 태문주도 제압됐겠다, 이거야말로 다 차린 밥상에 젓가락만 놓으면 된다는 얘기지."

철컹!

하루에 단 한 차례 정오에만 열리는 철뇌옥의 육중한 철문이 사시(巳時:오전 10시)에 열렸다.

저벅저벅.

질질질…….

이어서 귀에 익은 철옥수(鐵獄手:철뇌옥을 지키는 고수)의 발자국 소리와 무엇인가 묵직한 물체가 바닥에 질질 끌리는 소리가 겹쳐서 들려왔다.

뇌옥 안 차가운 철벽에 기대앉은 패가수는 감고 있던 눈을 뜨고 맞은편 철문을 응시했다.

친형인 이반에 의해서 무공이 완전히 폐지된 후에 이곳 철뇌옥에 갇혀 있게 된 그는 죽지 못해서 겨우 살아 있는 목숨이다.

만약 다나를 걱정하는 마음과 그녀를 다시 만나려고 하는 일념이 없었다면, 그는 이곳에 갇히는 순간 철벽에 머리를 들이받고 자결을 했을 것이다.

이곳에 갇힌 지 오늘로써 닷새가 지났다. 이곳은 가느다란 한 올의 희망도 없는 지옥이다. 희망보다는 곳곳에 절망이 물씬 배어 있는 곳이다.

철옥수가 하루에 한 차례 철뇌옥에 들어오는 이유는 패가수에게 밥을 주고 오물통을 비워주기 위해서다. 밥은 하루에 딱 한 끼만 준다.

패가수는 밥을 먹을 때와 용변을 볼 때 이외에는 지금 앉아 있는 자리에서 꼼짝도 하지 않는다.

그러면서 줄곧 궁리했다. 어떻게 하면 무공을 회복하고 이곳에서 탈출할 수 있을 것인가를.

저벅저벅… 질질질…….

철옥수의 발자국 소리가 가까이 다가오고 있다.

문득 패가수는 철옥수의 느닷없는 출현에 가벼운 호기심을 느꼈다.

이곳에서는 무공 회복과 탈출 이외에는 그의 호기심을 자극하는 것이 전무하다.

그는 이곳 철뇌옥 내에 자신 혼자만 갇혀 있는 것으로 알고 있다. 철옥수가 언제나 이반의 밥과 오물통만을 챙기기 때문이다.

그런데 지금 철옥수가 무엇인가를 묵직한 물체를 끌고 들어오는 듯한 소리를 듣고 누군가 철뇌옥에 감금되는 것이라고 짐작했다.

패가수는 앉아 있던 자리에서 힘겹게 몸을 일으켜 철문으로 비척비척 다가갔다.

무공이 없고 허기가 져서 이 장 남짓 거리를 걸어가는 데에도 힘이 들었다.

그는 철문 옆에 기대어 철문 위쪽의 촘촘한 쇠창살 사이로 밖을 내다보았다.

저벅저벅… 질질질…….

발자국 소리가 가까워졌다. 패가수의 눈길은 자연스럽게 철옥수에 의해서 질질 끌려오는 물체에게 향했다.

다음 순간 그 물체가 무엇인지 확인한 패가수는 심장이 멎

철뇌옥(鐵牢獄) 245

는 듯한 놀라움을 받았다.

'태문주!'

두 눈이 있는 자리가 움푹 패어지고 창백한 안색이지만 틀림없는 천검신문 태문주다.

'맙소사……'

태문주의 몸을 훑어보던 패가수의 얼굴에 아연실색한 표정이 가득 떠올랐다.

손목과 발목, 그리고 남근이 거세된 것을 발견한 것이다.

그 순간 패가수는 온갖 복잡한 상념들이 머릿속에 가득 들어찼다.

대경실색한 표정으로 그가 지켜보고 있는 동안 철옥수는 그에게 눈길조차 주지 않고 철문 앞을 지나쳐 바로 옆의 철문 앞에 멈추었다.

철컹!

쿵!

철문이 열리고 태문주를 뇌옥 안에 집어 던지는 둔탁한 음향이 뒤를 이었다.

쿵!

저벅저벅.

철문이 다시 닫히고 철옥수는 예의 규칙적인 발자국 소리를 울리며 철뇌옥 입구를 향해 걸어갔다. 이번에도 그는 패가수를 처다보지 않았다.

 잠시 후에 저 멀리에서 철옥수가 나가고 입구가 닫히는 소리가 복도를 흔들었다.

 패가수는 여전히 충격에서 헤어나지 못한 표정으로 태문주가 갇힌 옆 뇌옥의 철문 쪽을 처다보았다.

 물론 옆 뇌옥의 철문은 끄트머리조차 보이지 않았으나 그는 그 행동을 그만두지 않았다.

 한참 후에 그는 원래의 자리로 돌아와서 앉았다. 하지만 벽에 기대지 않고 책상다리로 앉아서 왼쪽의 벽을 뚫어지게 주시했다.

 그 벽은 두꺼운 쇠로 이루어졌으며 그 너머에는 태문주가 갇힌 뇌옥이 있다.

 '도대체 무슨 일이 있었던 것인가?'

 이곳 철뇌옥은 자금성 한구석 지하 오십여 장 깊이에 위치해 있기 때문에 밖에서 무슨 일이 벌어지는지 도저히 알 수가 없다.

 '태문주가 자금성을 공격했다가 실패한 것인가?'

 그렇게 생각하더라도 이해가 되지 않는다. 천검신문의 막강한 세력과 태문주의 치밀한 작전에 의해서 자금성 공격이 이루어졌을 텐데, 어떻게 태문주가 제압되어 이 지경이 될 수 있단 말인가.

패가수는 칠군대도독이 중심이 되어 곧 반란이 일어날 것이라는 사실을 알고 있었다.

그렇다면 칠군대도독 휘하의 울군사가 자금성을 공격할 때 천검신문도 합세를 했다는 얘기다.

그런데도 실패를 했다는 것은 좀처럼 납득이 되지 않는다.

울고수들은 북경성에 있지 않고, 자금성에는 신삼별조와 금의위, 황궁시위대뿐이다.

태문주가 이끄는 천검신문과 칠군대도독의 울군사들이 그들을 당해내지 못했을 리가 없다.

'울전대가 있었다면 얘기가 다르지만 도대체 이것은……'

패가수는 고개를 설레설레 가로저으며 내심 중얼거리다가 뚝 동작을 멈추었다.

'울전대!'

만약 울전대가 나섰다면?

그렇다면 천검신문 태문주가 저 지경이 돼서 철뇌옥에 갇힌 상황이 어느 정도 설명이 된다.

그러나 항세검은 남궁산이 갖고 있다. 그가 울전대를 움직였다고 보기는 어렵다.

그렇다고 해서 그가 항세검을 이반에게 공손히 바쳤을 것이라고는 더더욱 생각할 수 없다.

패가수는 누구보다도 남궁산을 잘 알고 있다. 그는 패가수를 진심으로 따르고 좋아했었다.

그러므로 그가 패가수를 배신하고 항세검을 탈취했을 때에는 뼈를 깎는 각오가 필요했을 것이다.

그렇게까지 해서 배신을 했는데 전가의 보도 같은 항세검을 그토록 쉽사리 이반에게 내주었을 리가 없다.

그렇다면 대답은 하나밖에 없다. 그는 조금 전에 했던 생각을 바꿨다.

'남궁산이 울전대를 직접 움직였을 것이다.'

패가수는 자신의 추측이 맞을 것이라고 확신했다. 남궁산은 그러고도 남을 위인이다.

'그렇다면 태문주를 저 지경으로 만든 것은 다름 아닌 남궁산이로군.'

그 얘기는 남궁산이 이미 자금성을 확실하게 장악했다는 의미이기도 했다.

남궁산은 이반을 극도로 싫어하기 때문에 기회만 되면 죽이려고 할 것이다.

아니, 어쩌면 이반은 이미 남궁산에게 죽임을 당했는지도 모르는 일이다.

그런 생각을 하면서도 패가수는 이반의 죽음을 조금도 슬퍼하지 않았다.

오히려 그는 태문주가 저 지경이 되어 철뇌옥에 갇힌 것을 마음 아프게 생각하고 있다.

인지상정(人之常情)이다. 패가수는 기개세에게 빚이 많다. 그리고 그에게는 적이 아닌 인간적인 감정을 품고 있다. 그도 패가수를 그렇게 대해주었기 때문이다.

모든 것을 다 제쳐 두고 한 가지만 놓고 봤을 때 패가수는 기개세를 은인이라고 생각하고 있다.

그가 목숨보다 더 사랑하는 여인 다나를 아무런 조건 없이 보내주었기 때문이다.

그전까지도 패가수는 태문주에 대해서 그다지 깊은 악감정을 품고 있지는 않았었다.

그런데 다나가 돌아왔을 때를 전환점으로 태문주를 완전히 새롭게 인식하게 되었다.

패가수는 마음이 착잡하기 그지없었다. 무공이 폐지된 채 철뇌옥에 감금된 상태로는 실오라기만 한 도움도 태문주에게 줄 수가 없기 때문이다.

조금 전에 목격했던 태문주의 참담한 몰골을 떠올리자 눈앞이 캄캄해졌다.

태문주는 숨이 붙어 있는 것 같다. 죽었다면 구태여 철뇌옥에 가두지 않았을 것이다.

그러나 살아 있은들 무얼 어쩌겠는가. 살았어도 죽은 것보다 못한 삶이거늘.

불구도 저런 불구는 패가수로서도 난생처음 본다. 태문주가 두 눈이 뽑히고 사지가 절단될 때 어떤 심정이었을 것인가를 상상해 보다가 패가수는 고개를 세차게 가로저으며 그만두었다.

그는 천천히 일어서서 다시 철문 쪽으로 걸어갔다. 아까하고는 달리 발걸음에 힘이 실렸다. 지금은 태문주라는 목적이 있기 때문이다.

그는 아까처럼 철문 쇠창살에 한쪽 눈을 밀착시키고 옆쪽 뇌옥을 보려고 애쓰면서 최대한 작은 목소리를 냈다.

"태문주."

그러나 옆방에서는 아무런 응답이 없다. 아니, 어떤 기척조차도 없다.

패가수는 이번에는 조금 더 큰 소리로 불렀다.

"태문주, 나 패가수요."

그리고는 바짝 귀를 기울였으나 역시 아무런 반응이 없기는 마찬가지다.

'설마······.'

불길한 생각이 확 들었다. 혹시 태문주가 그사이에 죽은 것이 아닌가, 하는 불길함이다.

第百五十七章

자아상실(自我喪失)

대사부

기개세는 패가수가 부르는 소리를 들었다. 하지만 혀가 없으니 대답을 할 수가 없다. 아니, 말을 할 수 있다고 해도 지금은 대답하고 싶은 기분이 아니다.

한동안은 혼자 생각에 잠겨 있고 싶었다. 아니, 생각을 하지 않더라도 그냥 가만히 있고 싶었다.

이곳에 패가수가 있다는 사실이 뜻밖이기는 하지만, 기개세가 당한 일에 비해서는 그다지 놀라운 일이 아니다.

패가수는 십여 차례나 조금씩 목소리를 높여가면서 기개세를 불렀다. 그러나 기개세가 아무런 대답이 없자 이윽고 잠잠해졌다.

기개세는 철옥수가 뇌옥 바닥에 패대기친 자세 그대로 꼼짝도 하지 않고 엎어져 있었다.

온몸에서 흐르던 피는 언제부턴가 멈춰 있었다. 지혈을 해서가 아니라 깊은 상처가 아니기 때문에 시간이 지나자 저절로 멈춘 것이다.

두 눈을 파내고 혓바닥을 자르고 손목과 발목, 그리고 남근을 자르면서 흐르던 피는 남궁산의 명령에 의해 울황고수가 지혈을 했었다.

어떤 이유가 있든지 남궁산은 기개세를 살려두려는 심산인 듯했다. 아마도 살려두는 편이 더 가치가 있다고 판단한 모양이다.

기개세는 차디찬 바닥에 엎드린 채 미동도 하지 않고 가만히 있었다. 아니, 몸은 가만히 있지만 생각은 끊임없이 돌아가고 있다.

생각하고 싶어서가 아니라 머리가 제멋대로 기능을 하고 있는 것이다.

생각이라고 해봐야 주로 자신이 걸어온 길지 않은 지난날에 대한 회고다. 이제 해를 넘겨서 이십이 세가 된 그는 돌이켜 생각해 보니 참으로 다사다난(多事多難)한 생애를 살아온 것 같았다.

보통 사람의 몇 평생에 해당하는 파란만장한 삶을 그는 이십이 년 동안, 아니, 지난 십칠 세부터 지금까지 오 년 동안을 살아왔다.
  그게 아니다. 보통 사람이 수백 평생을 산다고 해도 어찌 기개세 같은 기구한 삶을 살 수 있겠는가.
  구화산 천신동에서 사부인 절대검황 독고성을 만났던 일.
  낙성검가에서 유석, 유정 남매를 만나 엎치락뒤치락 끝에 뜨거운 형제자매가 되고, 양어머니 하여상에게 인간의 도리와 학문에 대해서 배웠던 일.
  대정숙에 입교하여 여러 친구들을 만나면서 우정을 쌓아가는 과정에서 자신의 모자람을 깨닫고 그때부터 성숙함의 길을 걸었던 일.
  다섯 명의 아내를 만났던 일은 그 하나하나가 주옥 같은 사연들이다.
  그리고 천검신문 휘하 천검사신위와 천검사호문을 만나 그들을 수하로 거둔 일.
  멀고 먼 천문으로 가서 진정한 태문주가 되어 다시 중원으로 돌아왔던 일.
  이후부터 지금까지의 모든 일들이 어느 것 하나 예사로운 것이 없었다.
  기개세는 마지막으로 생각했다.

자아상실(自我喪失)

만약 신이 그가 죽기 전에 단 한 가지만 할 수 있도록 허락한다면, 사랑스런 다섯 아내를 한 번만 더 볼 수 있게 해달라고 부탁하고 싶었다.

얼마나 시간이 지났을까.
엎드린 자세 그대로 이것저것 생각하다가 깜빡 잠이 들었나 보다.
깨어나니 사방은 칠흑처럼 어두웠다. 그러다가 기개세는 자신이 장님이 됐기 때문에 어둡다는 사실을 깨닫고 실소를 금치 못했다.
이상한 일이다. 몸이 상상조차 못할 정도로 만신창이가 됐는데도 마음은 그지없이 평온하다. 육체적 고통 같은 것은 조금도 느껴지지 않았다.
단지 다섯 아내가 보고 싶다는 생각이 이따금씩 들 뿐 다른 생각은 전혀 없다.
천하에 대한 걱정도, 천검신문이나 자금성 따위는 단 한순간도 떠오르지 않는다.
어떻게 이런 일이 있을 수 있는가. 몸이 이토록 망가지고 고통스러운데 어째서 마음과 정신이 생전 처음 맛보는 평온함으로 가득 찰 수 있단 말인가.
어쩌면 희열의 끝과 절망의 끝은 서로 상통하는 것인가. 설마 희열의 끝과 절망의 끝이 서로 한쪽 방향으로 굽어 있어서 그 끝이 서로 맞닿는 것은 아닌가.

'참 좋다······.'

어이없게도 기개세는 흐뭇한 미소까지 지으면서 다시 깊은 잠에 빠져들었다.

철뇌옥에서는 시각을 알 수가 없다. 하루에 한 번 들어오는 철옥수가 정오에 들어온다는 정도만 알고 있다.

오랜 세월 동안 무공을 연마한 사람은 '신체 시각'이라는 것을 갖고 있다.

정확하게 규칙적인 생활을 한 사람일수록 '신체 시각'이 더 잘 발달되어 있다.

패가수는 자신의 신체 시각을 바탕으로 철옥수가 들어오는 시간이 정오라는 사실을 알게 되었다.

지금은 해시(亥時:밤 10시)쯤 됐을 것이다. 철뇌옥 생활을 오래 하게 되면 그나마 신체 시각도 흐려지게 될 것이고 끝내는 시각을 아예 모르게 될 것이다.

패가수는 반 시진 전에 잠을 자려고 누웠으나 도무지 잠이 오지 않았다.

태문주가 감금된 옆 뇌옥에서 아무런 기척도 나지 않는 것이 너무 신경 쓰였다.

아니, 어쩌면 태문주가 기척을 내고 있는데도 무공이 폐지된 패가수가 그것을 못 느끼는 것인지도 모른다.

잠이 중요한 것이 아니다. 잠이야 아무 때나 자면 되고, 못 자도 그만이다.

그긍!

"……."

바로 그때 철뇌옥 입구의 철문이 육중하게 열리는 소리가 들렸다.

패가수는 이상한 생각이 들었다. 이렇게 늦은 시각에 또 무슨 일인가.

또 누굴 끌고 들어온 것인가? 아니면 태문주를 끌고 나가려는 것인가. 여러 가지 의문이 뭉클뭉클 일어났다.

저벅저벅.

그런데 곧 두 사람 발자국 소리가 들렸다. 그렇다면 누군가를 끌고 들어오는 것은 아니다.

뚝!

발자국 소리가 패가수의 철문 앞에서 멈추었다. 패가수는 슬며시 긴장감이 몰려왔다.

그는 철문을 등지고 벽을 향해 누운 자세 그대로 움직이지 않았다.

철컹!

철문이 열리고 한 사람이 뇌옥 안으로 들어서는 발자국 소리가 들렸다.

패가수가 무공을 잃지 않았다면 상대의 기척만 감지하고도 누군지 알 수 있었을 것이다.

하지만 지금은 그저 상대가 어떤 말이나 행동을 하기를 기다리고 있는 수밖에 없다.

패가수 뒤쪽 두어 걸음쯤에 상대가 멈추었다. 그러나 그는 아무 말도 하지 않고 한동안 가만히 있었다.

패가수는 여전히 꼼짝도 하지 않았다. 긴장하고 있으나 심장이 뛰지도 않고 흥분하지도 않았다.

철뇌옥에 갇힌 후에 그가 터득한 것이 하나 있다면 심신을 평온하게 만드는 법이다.

"형님."

그때 문득 뒤에 서 있는 자가 나직하고도 부드러운 목소리로 입을 열었다.

'남궁산!'

그 목소리를 듣고 패가수는 더 이상 평온을 유지할 수가 없게 되었다.

그는 움찔 놀라 몸을 후드득 떨었다. 이후 천천히 몸을 일으켜 돌아앉았다.

그가 올려다보기 전에 남궁산이 그의 앞에 책상다리를 하

자아상실(自我喪失)

고 주저앉았다.

 패가수는 단 한 가지, 남궁산을 보고 화를 내지 않으려고 결사적으로 노력하고 있었다.

 그를 이해하고 용서하기 때문이 아니다. 분노와 원한이 너무도 크기 때문에 그를 보고 벌컥 화를 내는 것 따위는 부질없다고 생각하는 것이다.

 남궁산은 패가수가 차분한 표정인 것을 보고 의외라는 표정을 지었다.

 만약 자신이 패가수 입장이라면 앞뒤 가리지 않고 당장 달려들었을 것이기 때문이다.

 남궁산은 아무 말도 하지 않고 일단 패가수의 표정과 모습을 살펴보았다.

 그러나 그는 곧 자신이 예상했던 것과는 다른 패가수의 모습을 발견했다.

 패가수에게서는 평온함과 초탈함이 느껴졌다. 그렇게 가장하고 있는 것이 아니라 실제로 그런 것 같았다. 그 정도는 남궁산도 알아볼 수 있는 눈이 있었다.

 그것은 있을 수 없는 일이다. 패가수의 모든 것을 빼앗고 철뇌옥에 감금했는데 평온함과 초탈함이라니, 어불성설도 이런 어불성설은 없을 것이다.

 울황제의 자리에 오르려고 하는 남궁산 자신보다도, 벌레처럼 웅크리고 있는 패가수가 훨씬 더 평온해 보인다는 것은 모순이다.

그것 때문에 남궁산은 슬며시 배알이 뒤틀렸다. 패가수에게 가졌던 미안한 마음도 어느 정도 사라졌다. 그는 이 모순의 진정한 정체를 모른 채 감정대로만 생각했다.

그래도 사과는 해야 한다. 이곳에 온 목적을 위해서다. 그 목적이 아니라면 이곳에 올 필요도, 구태여 패가수를 볼 이유도 없기 때문이다. 남궁산으로서도 패가수를 보는 것은 괴로운 일이었다.

"잘못했습니다. 용서하십시오."

이윽고 남궁산은 진심 어린 표정과 목소리를 내려고 애쓰면서 말문을 열었다.

패가수는 믿을 수 없을 만큼 맑은 눈빛으로 남궁산을 응시하며 말했다.

"본론을 얘기해라."

구역질 나는 거짓으로 똘똘 뭉쳐진 사죄 따윈 듣고 싶지 않다는 뜻이다.

또한 무슨 목적이 없으면 이곳에 찾아오지 않았을 테니, 쓸데없는 소리 따위는 듣기 싫고 어서 그 목적이나 말하라는 뜻이다.

남궁산은 미간을 슬쩍 좁혔다. 일이 제대로 풀리지 않을 것 같다는 예감이 들었다.

자아상실(自我喪失)

하지만 애당초 그가 품고 온 목적 자체가 열흘 삶은 호박에 이도 들어가지 않을 말이다.

패가수의 이런 저항 따위는 그가 예상했던 난관에 비한다면 아무것도 아니다.

남궁산은 품속에 손을 넣었다가 무엇인가를 꺼내 패가수에게 공손히 내밀었다.

은은한 보광을 뿌리는 한 자루 소검이었다. 검신에는 위쪽에 한자리 창룡(蒼龍)이 비상하고 있고, 그 아래 수많은 짐승들이 두려움에 떨면서 엎드려 복속하고 있는 광경이 정교하게 새겨져 있다.

놀랍게도 그것은 항세검이다.

그러나 패가수는 항세검을 보고도 전혀 놀라지 않았다. 항세검에 잠깐 시선을 주었다가 다시 남궁산을 쳐다보았다. 무슨 뜻이냐는 것이다.

"이것을 형님께 드리겠습니다."

항세검을 준다는 것은 율제국을 주겠다는 뜻이다. 그래도 패가수는 동요하지 않았다.

"소제의 잘못을 깨달았기 때문에 뒤늦게라도 항세검을 원주인이신 형님께 드리는 것입니다."

패가수는 남궁산의 말을 곧이곧대로 믿지 않는다. 그래서 그가 무엇 때문에 이러는지를 생각해 보았다. 그리고 오래 생각하지 않고서도 답을 알게 되었다.

　남궁산이 항세검만으로는 울제국의 진정한 황제가 될 수 없다는 사실을 깨달은 것이 분명했다.

　그렇지만 그런 사실을 깨달았다고 해서 항세검을 패가수에게 선뜻 준다는 것은 뭔가 미심쩍었다.

　그가 패가수를 배신했을 때에는 얼마나 고심 끝에 내린 결론이겠는가.

　그것을 다시 뒤집는다면 그럴 만한 이유가 분명히 있을 것이라는 게 패가수의 생각이다.

　그러나 그는 묻지 않았다. 어차피 남궁산이 뭔가를 말하게 되면 그 안에 해답이 들어 있을 테니까 말이다. 약은 여우는 제 꾀에 제가 걸려드는 법이다.

　패가수가 계속 침묵으로 일관하자 남궁산은 마음이 편치 않았다.

　남궁산이 묻고 자신이 대답하는 형식이 돼야 마치 정말로 뉘우치는 듯한 모습이 되기 때문이다. 그렇지만 계속 입을 닫고 있을 수는 없다.

　"아무런 조건이 없습니다. 믿어주십시오. 소제가 얼마나 엄청난 죄를 저질렀는지 깨달았기 때문에 바로잡기 위해서 이러는 것입니다."

　남궁산의 표정과 목소리에서는 충심이 뚝뚝 묻어났다.

그러나 패가수는 믿지 않았다. 우직한 소도 한 번 빠진 웅덩이로는 가지 않는 법인데 하물며 사람이랴.

더구나 '믿어주십시오' 라고 말하는 자들은 믿을 수 없는 놈들이 대부분이다. 정말로 신뢰할 수 있는 사람은 그따위 말을 하지 않는다.

또한 진실이란 변하는 것이 아니기 때문에 구태여 믿어달라고 하지 않아도 된다.

그렇게까지 말했는데도 패가수가 아무런 반응을 보이지 않자 남궁산은 조금씩 안달이 났다. 그렇다면 최후의 방법을 써보는 수밖에 없다.

슥.

"소제를 죽이셔야 화가 풀리신다면 그렇게 하십시오. 지금 이 검으로 소제를 죽이십시오."

남궁산은 항세검을 패가수 앞에 놓고 나서 깊숙이 고개를 숙였다.

패가수의 처분에 맡길 테니까 죽이든 살리든 마음대로 하라는 뜻이다.

예전에 남궁산이 알고 있는 패가수라면, 남궁산이 이 정도까지 하면 패가수의 굳게 닫힌 마음이 풀려야만 한다. 그리고 그것을 굳게 믿었다.

이렇게 해서도 패가수가 화를 풀지 않는다면 더 이상 어떻게 해볼 재간이 없다.

　슥…….

　"……!"

　그때 고개를 숙이고 있던 남궁산은 패가수의 꾀죄죄하게 때 묻은 손이 항세검을 집는 것을 보고 움찔했다.

　그리고 원한이 짙게 배어 있는 싸늘한 말이 흘러나왔다.

　"네 소원이 정 그렇다면 원대로 해주마."

　'뭐, 뭐야, 이건?'

　순간 남궁산은 소스라치게 놀라고 말았다. 뭔가 잘못됐다. 절대로 이럴 리가 없다.

　그가 알고 있는 패가수는 이런 상황에서 이따위 행동을 하지 않는다.

　슥.

　고개를 숙이고 있는 남궁산은 패가수가 항세검을 높이 쳐드는 기척을 감지했다.

　"저승에 가서 참회……."

　패가수의 말이 끝나기도 전에 남궁산은 번쩍 고개를 들고 자신의 머리 위에 있을 것이라고 짐작하는 항세검을 향해 번개같이 손을 뻗었다.

　"……."

　그런데 머리 위에는 항세검이 없었다. 그의 시선이 부유하

듯이 한쪽 방향으로 흘렀다.
 패가수는 남궁산하고는 관계가 없는 전혀 다른 방향의 천장을 향해서 항세검을 뻗고 있었다.
 남궁산의 얼굴이 짓밟힌 것처럼 무참하게 일그러졌다.
 그리고 그는 패가수의 얼굴에 설핏 엷은 미소가 피어나는 것을 발견했다.
 "하하! 한 번 똥 맛을 본 개는 죽을 때까지 똥을 잊지 못하는 법이다."
 한 번 거짓말을 하고 또 배신을 한 놈은 아무리 진실처럼 말을 해도 거짓말이고 배신일 수밖에 없다는 뜻이다.
 일그러진 남궁산의 얼굴에 피가 몰려서 시뻘겋게 변했다.
 마치 깊이 참회를 하고 있는 것처럼, 패가수에게 자신을 죽이라고 해놓고서는, 그가 실제로 자신을 죽인다고 착각하여 허둥지둥 반응을 한 사실 때문에, 남궁산은 부끄러움과 수치심이 머리 꼭대기까지 치솟아 쥐구멍이라도 있으면 숨고 싶은 심정이었다.
 그러나 그는 그것을 오히려 패가수에게 터뜨렸다. 배신자들이 잘 쓰는 방법이다.
 "이 개자식!"
 순간 그는 한 손을 뻗어서 패가수의 손에서 항세검을 낚아채는 한편 다른 손으로는 그의 멱살을 움켜잡았다가 뇌옥 구석을 향해 집어 던졌다.
 쿵!
 패가수는 이 장 거리를 날아가서 쇠로 만든 벽에 어깨와 등을 호되게 부딪치고는 바닥에 나뒹굴었다.
 그리고는 몸을 푸들푸들 떨다가 잠시 후에는 그마저도 멈추고 꼼짝도 하지 않았다.
 남궁산은 자신이 받은 수치심 때문에 이곳에 온 목적을 잠시 망각하고 감정이 폭발하여 일을 저지르고 말았다.
 그는 그래도 분이 풀리지 않는 듯 패가수를 쏘아보며 숨을 씨근거렸다.
 이젠 어쩔 수가 없다. 패가수를 저 지경으로 만들어놓은 이상 그를 허수아비 황제로 만들어 자신이 섭정을 하겠다는 계획은 이미 물 건너간 것이다.
 쾅!
 그는 패가수의 생사조차도 확인하지 않고 뇌옥 밖으로 나가서 철문을 거칠게 닫았다.

 기개세는 옆 뇌옥에서 벌어진 일들을 하나도 빼놓지 않고 다 들었다.
 그 덕분에 패가수와 남궁산 사이에 무슨 일이 있었는지에 대해서 어느 정도 알 수 있게 되었다.

정리를 해보면, 항세검의 주인은 원래 패가수였다. 그런데 남궁산이 배신을 하고, 그로 인해서 패가수는 철뇌옥에 갇히게 됐다.

패가수가 처음부터 항세검을 지니고 있었던 것은 아니었을 것이다.

그가 갑자기 항세검을 갖게 된 것이라면, 아마도 다나가 주었을 것이다.

그래야지만 추리의 아귀가 들어맞는다. 다나는 율가륵의 첫 번째 부인에게서 건네받았을 것이다. 패가수를 만나면 그에게 주라는 말과 함께 말이다.

그렇다면 율가륵은 다음 대 황제로 큰아들인 이반이 아닌 둘째 아들 패가수를 마음에 두고 있었다는 뜻이다. 그리고 그 사실을 이반이나 패가수는 모르고 있었다.

과연 율가륵은 그 점에 있어서만큼은 현명했다. 인격이나 도량에 있어서 이반과 패가수는 비교가 되지 않는다. 패가수가 호랑이라면 이반은 늑대다.

남궁산은 패가수를 배신하여 그와 다나를 이반에게 넘기고, 그다음에는 이반을 배신했다. 한 번 배신한 자는 두 번, 세 번도 마다하지 않는 법이다.

그런데 남궁산이 이제 와서 항세검을 패가수에게 돌려주려 하고 있다.

그것은 곧 울제국의 황제 자리를 패가수에게 양보하겠다는 뜻이다. 놀랍게도 자신이 앉지 않고 패가수에게 양보한다는 것이다.

남궁산은 한인이 울제국의 황제 자리에 앉는다는 것이 불가능한 일이라고 판단한 것이 분명하다. 그렇지 않다면 황위를 패가수에게 물려줄 놈이 아니다.

기개세는 그런 생각들을 골똘하게 하지는 않았다. 그저 옛날 일들을 회상할 때처럼, 스쳐 가는 바람처럼 대충대충 생각했고, 그러는 중에 하나둘씩 정리가 됐다.

그는 패가수가 조금 걱정스러웠다. 남궁산이 그를 모질게 집어 던진 것 같았는데 죽지 않았는지 모를 일이다.

남궁산이 나간 지 한참이 지났지만 아직도 패가수에게서는 아무런 기척도 나지 않았다.

하지만 기개세는 더 이상 패가수에게 신경을 쓰지 않았다.

지금 기개세의 관심이나 흥미를 끌 수 있는 일은 아무것도 없는 상황이다.

자신의 몸이 만신창이인데 대저 무슨 일에 관심을 가질 수 있겠는가.

그렇다고 현재 상황에 대해서 비관을 하거나 절망에 빠진 것도 아니다.

사실 그는 지금 매우 편안한 마음이기 때문에 딱히 걱정되는 것이 없다.

자신의 일은 물론이거니와 바깥세상의 일도 아련하게만 느껴질 뿐이다.

이대로 죽을 수도 있다는 생각이 흐릿하게 들기도 하지만, 그래도 괜찮을 것 같다는 생각, 아니, 느낌이다. 죽음이란 또 어떤 세상일까, 하는 흥미마저도 느꼈다.

문득 진운상이 전해준 독고비의 말이 생각났다. 사랑한다고, 돌아오기를 기다리겠다는 말이었다.

'우리가 다시 만날 수 있을까?'

머릿속에서 아련하게 그런 생각이 가물거렸다.

기개세는 철뇌옥에 갇히고 나서 열흘 동안이나 잠들었다가 깨기를 수없이 되풀이했다.

철뇌옥 안은 무덤 속처럼 조용했다. 남궁산이 다녀간 후에 혼절했던 패가수도 아직 깨어나지 않고 있다.

철옥수가 하루에 한 차례씩 꾸준히 드나들면서 밥을 갖다 주었으나 기개세와 패가수는 밥그릇에 손도 대지 않았다. 손을 댈 수가 없는 처지였다.

기개세는 열흘 전에 철옥수가 뇌옥 바닥에 패대기친 그 자세 그대로였다.

그리고 패가수도 남궁산이 벽에 집어 던졌다가 떨어진 그 자세 그대로였다.

그런데도 불구하고 철옥수는 두 사람을 손끝 하나 건드리지도 않았다.

기실 기개세의 체내에서는 모종의 변화가 일어나고 있는 중이었다.

울전대와의 싸움에서 강사 그물에 갇혔을 때 전개했던 천신여의지경 때문에 거의 바닥까지 고갈됐던 천신기혼이 지금은 대부분 회복된 상태다.

그리고 열흘 전에 자금성 성루에 효시됐을 때 아미와 독고비가 허공을 격한 상태에서 주입시켜 준 그녀들의 천신기혼이 기개세의 체내에 내재되어 있다.

하지만 그녀들의 천신기혼은 아직 이렇다 할 기능을 하지 못하고 있는 상태다.

기개세가 성루에 효시되었을 때 그의 기운을 북돋아주는 역할 정도만 했을 뿐이다.

천신기혼이라고 해도 기개세의 것과 그녀들의 것이 제각각 다르기 때문이다.

말하자면 세 종류의 천신기혼이 기개세의 체내에 내재되어 있는 것이다.

현재 기개세는 평소의 능력을 완전히 회복한 상태다. 그렇지만 여전히 꼼짝도 하지 않은 채 첫날 뇌옥 바닥에 내팽개쳐진 자세 그대로 엎드려 있다.

움직이고 싶지 않기 때문이다. 아니, 그 무엇인가가 그를 움직이지 못하게 하고 있다는 표현이 옳다.

장님이 되고, 또 벙어리가 됐으며, 사지가 잘리고, 남근이 잘려서 남자구실을 못하게 됐기 때문에 절망감에 빠져 있는 것이 아니다.

그의 몸과 정신은 그에게 꼼짝도 하지 말고 이대로 가만히 있으라고 지시한다. 그래서 몸과 정신이 시키는 대로 하고 있을 뿐이다.

사람은 몸과 정신이 전부다. 그것을 극복할 수 있는 존재는 아무것도 없다.

하지만 그는 무엇인가를 느끼고 있다. 자신에게서 모든 것이 흐릿해져 가고 있다는 사실을.

우선 기억력이 가물가물해져 갔다. 열흘이 지난 지금 그는 자신이 그토록 사랑했던 다섯 명의 아내에 대한 기억도 지니고 있지 않다.

자신이 어쩌다가 이곳에 갇히게 되었는지도 가물가물한 판국인데 어찌 아내들을 기억할 수 있으랴.

물론 자신의 사명 같은 것도 망각했다. 자신의 신분이 무엇인지도 잊어버렸다.

그리고 자신이 알고 있던 그 모든 지식과 경험들도 깡그리지워져 버렸다.

그는 인간이면 당연히 지니고 있어야 하는 오욕칠정마저도 느끼지 못했다.

육체로 인한 허기와 갈증, 졸음, 고통은 물론이고, 감정이나 이성이 전가하는 느낌마저도 상실했다.

그래서 그는 자신이 망망대해 같기도 하고, 끝이 보이지 않는 잔잔한 호수 같기도 한 수면에 한 조각의 나룻배인지 커다란 나뭇잎인지, 하여튼 그런 것 위에 엎드려서 둥둥 떠다니고 있는 중이라고 생각했다.

그러다가 언젠부터인가는 망망대해인지 호수인지 하는 것과 나룻배인지 커다란 나뭇잎인지라고 느꼈던 것마저도 사라져 버렸다.

그저 그는 어딘가에 둥둥 떠 있었다. 허공일 수도 있고, 바다 속일 수도 있으며, 시간 속인 듯도 하고, 아무것도 아닌 어떤 곳이기도 했다.

그렇게 그는 자신이 갖고 있으며 느끼고 있던 모든 것들을 하나씩 놓아버리고 또 망각해 갔다.

그리고는 끝내 자신의 이름과 누군지조차도 잊어버렸다.

즉, 자아(自我)마저 상실한 것이다.

第百五十八章
신(神)은 없다

대사부

철뇌옥에 다녀온 지 열흘이 지나서야 남궁산은 철뇌옥에 있는 패가수가 조금 궁금해졌다.
 그의 명령을 받고 철뇌옥에 다녀온 울황고수는 패가수가 벽 아래 바닥에 엎어진 자세로 꼼짝도 하지 않고 있다는 보고를 했다.
 또한 그의 보고에 의하면, 패가수를 진맥해 본 결과 숨결이 몹시 미약했으며, 서서히 죽어가고 있다는 것이다.
 그래서 설혹 대라신선이 와도 그를 살릴 수는 없을 것이라고 말했다.

남궁산은 열흘 전에 패가수에게 당한 치욕을 지금도 생생하게 기억하고 있다.
 그날 이후 남궁산은 패가수를 이용하려는 계획을 완전히 지워 버렸다.
 그 대신 자신이 직접 황제에 오르는 방법을 적극적으로 추진하기로 했다. 막바지에 몰린 상황에서 어쩔 수 없이 내린 결정이다.
 그런데 그렇게 결정을 하고 나니까 어려운 방법이기는 해도 만사 뱃속이 편했다.
 잘되면 황제가 되는 것이고, 일이 잘못되더라도 죽기밖에 더 하겠는가.
 그런 생각을 하자 오히려 없던 배짱도 생기고 여러 가지 방법들도 마구 떠올랐다.
 그래서 그는 지난 열흘 동안 자신이 황제가 되기 위한 수순을 신속하게, 그러나 한 치의 빈틈도 없이 차근차근 진행시켜 나갔다.
 패가수가 죽어가고 있다는 보고를 받고 그는 조금 짠한 기분이 들었다.
 그가 가장 어렵고 절망적이었을 때 손을 내밀어준 유일한 사람이 바로 패가수이기 때문이다.
 패가수는 남궁산에게 물심양면 모든 것을 주었으나 그는

패가수에게 아무것도 해준 것이 없었다.

그러다가 결국 끝에는 배신의 뼈아픔을 안겨주었으며, 그를 호되게 패대기쳤으며, 죽도록 방치하고 있었다.

그러나 남궁산이 패가수에게 느끼는 것은 흐릿한 연민이나 미안함 같은 것일 뿐이다.

더 이상의 감정은 없다. 어쩌면 내일이나 모레쯤이면 그나마도 느끼지 않게 될 것이다. 그러다가는 끝내 패가수라는 존재 자체를 잊게 될 터이다.

지금 남궁산은 자신이 황제의 자리에 오르는 대업, 즉 황제지로(皇帝之路) 때문에 정신없이 바쁘다.

바쁜 와중에 어쩌다가 패가수가 문득 생각이 나서 잠깐 짬을 내어 울황고수에게 그에 대해서 알아보라고 했던 것처럼, 보고를 받고 나서는 세 호흡도 지나기 전에 머리에서 깨끗이 지워졌다.

남궁산은 황제지로를 결정하고 나서 제일 먼저 북경성의 소요장에 있는 남궁세가 사람들을 모조리 자금성 내로 불러들였다.

남궁세가는 적당한 곳에 뿌리를 내리지 못했기 때문에 소요장을 임시 문파로 삼은 채 숨어서 지냈었다.

하지만 문파로서의 활동은커녕 소요장에 남궁세가 사람들이 있다는 사실이 탄로 날까 봐 밤낮없이 가슴을 졸이면서 살

앉었다.

 남궁산은 그런 그들을 모두 자금성으로 불러들여서 자신의 곁에 머물게 했다.

 이제 그는 혼자가 아니다. 남도 아닌 남궁세가 사람들이 주위에 오십여 명이나 있으면서 대화를 하고 상의를 해주니까 없던 힘도 저절로 생겼다.

 그가 두 번째로 한 일은 울전대로 하여금 자신을 철저하게 호위하도록 호위 체계를 새롭게 확립한 것이다.

 그는 천 명의 울황고수들이 밤낮없이 자신을 측근에서 그림자처럼 호위하도록 만들었다.

 그리고 백 장 이내에도 천 명이, 그리고 오백 장 이내에는 삼천 명이 지키도록 했다. 그렇게 도합 오천 명씩 이 교대로 자신을 호위하도록 했다.

 그 정도라면, 그럴 리는 없겠지만 천검신문 태문주가 예전의 능력을 완전히 회복하여 철뇌옥에서 탈출해 공격을 한다고 해도 끄떡없을 것이라고 그는 믿고 있었다.

 세 번째 일은 지금 진행하고 있지만, 울제국의 장군과 신하들을 대대적으로 교체하는 것이다.

 중신들을 한인으로 교체할 수는 없다. 하지만 서장인이면서도 남궁산에게 충성을 맹세하는 인물들로만 교체할 수는 있을 것이라는 게 그의 생각이다.

그래서 그는 이반에 의해서 떨려 나갈 예정이던 자들을 대거 재기용하기로 했다.

그들은 떨려 나갈 것이 두려워서 얼마 전에 반란을 일으켰던 자들이다.

하마터면 쭉정이가 될 자들에게 크나큰 은혜를 베풀어서 재기용을 한다면 감지덕지해서 죽으라면 죽는시늉까지도 할 것이다.

실제로 남궁산이 칠군대도독을 비롯한 몇 명을 만나본 결과, 모두들 재기용만 해준다면 목숨을 걸고 충성을 바치겠다고 맹세를 거듭했었다.

마지막 네 번째는, 이반을 찾아내서 죽이는 일이다.

그 일은 지금 은밀하게 진행하고 있는 중이다. 그리고 머지않아 이반을 잡아들일 수 있을 것이다.

이 네 가지 일들이 완성되면, 남궁산은 명실상부한 울제국의 황제에 정식으로 등극할 수 있다.

바로 그가 황족으로서의 남궁가의 첫 번째 태조(太祖)가 되는 것이다.

     *   *   *

패가수는 혼절한 지 십이 일 만에 간신히 깨어났다.

깨어나서 그가 제일 먼저 느낀 것은 엄청난 통증이다.

어디를 어떻게 다쳤는지 왼쪽 어깨와 등이 몸에서 분리되는 듯한 통증이 기다렸다는 듯이 엄습했다.

"으으……."

악다문 이빨 사이로 짓이기는 듯한 미약한 신음이 저절로 새어나왔다.

강한 인내심을 타고난 그의 입에서 신음이 나올 정도라면 웬만큼 고통스러운 게 아니다.

그런 상황인데도 그는 정신이 드는 순간 태문주가 가장 먼저 떠올랐다.

그가 살아 있는지, 어떤 상태인지, 아니면 옆 뇌옥에 아직도 있는 것인지가 궁금했다.

"으으으……."

그런데 철문 쪽으로 기어가려고 하니까 몸은 움직여지지 않고 그렇지 않아도 극심한 고통이 백 배 정도 더 심하게 엄습했다.

"헉헉헉……."

하지만 그는 포기하지 않고 헐떡거리면서 아주 조금씩 철문으로 기어갔다.

그러고는 반 시진 만에 기어코 철문을 붙잡고 바들바들 떨면서 일어나서 얼굴을 쇠창살에 들이밀었다.

"으으… 태, 태문주……."

찢어지는 듯한 목소리를 냈다. 몸이 찢어지니까 목소리도 찢어져서 나왔다.

그런데 처음과 마찬가지로 지금도 태문주의 기척은 들리지 않았다.

그긍!

그때 철뇌옥 입구가 열리는 소리가 들리더니 철옥수가 걸어오는 소리가 뒤를 이었다.

패가수는 지금이 정오라고 생각했다. 철옥수가 밥을 갖고 오는 것일 게다.

철컹!

그가 철문에서 몇 걸음 물러나 벽에 기대어 선 지 얼마 지나지 않아서 철문이 열렸다.

철옥수가 뇌옥 안쪽에 밥그릇을 내려놓다가 서 있는 패가수를 발견하고 움찔 놀라는 표정을 지었다.

"물러나시오."

그는 패가수의 신분에 대해서 알고 있기 때문에 함부로 대하지 못하고 정중하게 뇌옥 안쪽을 가리키면서 물러나기를 종용했다.

패가수는 군소리없이 벽을 붙잡고 온몸을 떨면서 안쪽으로 조금씩 이동을 했다.

너무 고통스러워서 이를 악물었고, 이동하는 속도는 몹시 느렸으며, 얼굴에서 땀이 비 오듯 했다.

"됐소. 그만두시오."

그 모습을 보던 철옥수는 패가수가 위험하지 않다고 여겼는지 작은 자비를 베풀었다.

뇌옥으로 들어선 철옥수는 오물통이 비어 있는 것을 확인하고는 그냥 놔두고 철문을 닫고는 밖으로 나갔다.

철문이 닫히자마자 패가수는 다시 벽을 더듬거리면서 철문으로 다가가려고 기를 썼다.

철컹!

철문까지는 아직 반도 못 갔는데 옆 뇌옥의 철문이 열리는 소리가 들렸다.

'태문주는 아직 있다!'

패가수는 내심 기쁨에 들떠 외쳤다. 옆 뇌옥에 태문주가 없다면 철옥수가 그곳에 밥을 줄 리가 없다.

그런데 태문주가 살아 있다는 사실이 왜 이리도 기쁜지 모를 일이다.

그렇지만 태문주가 진짜로 있는 것인지, 있다면 어떤 상태인지 확인을 할 필요가 있다. 그래서 패가수는 모험을 해보기로 했다.

태문주의 근황에 대해서 철옥수에게 직접 말을 걸어서 물어보려는 것이다. 철옥수가 대답할 수도, 안 할 수도 있지만 밑져야 본전이다.

"철컹!"

패가수는 아직 철문까지 가지 못했는데 철옥수가 벌써 옆 뇌옥의 철문을 닫고 나오고 있다.

저벅저벅.

그의 발자국 소리가 들리기 시작하자 다급해진 패가수는 그를 불렀다.

"여보게!"

뚝.

발자국 소리가 멈추었다. 그러나 패가수가 있는 곳에서 철옥수의 모습은 보이지 않았다. 아마도 옆 뇌옥과 패가수의 뇌옥 중간쯤에 멈췄을 것이다.

"옆 뇌옥에 사람이 있는가?"

그러나 패가수는 개의치 않고 물었다. 그로서는 궁금한 것만 알면 된다.

철옥수는 아무 대답이 없다. 그렇게 잠시 침묵이 흘렀다가 다시 철옥수의 발자국 소리가 들렸다.

저벅저벅.

패가수의 물음을 무시한 것이다.

"그 정도는 대답해 줄 수 있지 않은가?"

패가수는 벽을 붙잡고 결사적으로 철문을 향해 다가가며 재차 물었다.

철옥수의 걸음이 다시 멈췄다. 이번에는 패가수의 철문 앞에 멈췄기 때문에 그는 쇠창살을 통해서 철옥수의 완고하게 굳어 있는 옆모습을 볼 수 있었다.

"있소."

이윽고 철옥수가 정면을 주시한 채 나직이 대답했다. 패가수 말처럼 그 정도는 대답해 줄 수 있다고 생각한 듯했다.

"그는 살아 있는가?"

패가수는 이윽고 철문에 당도하여 쇠창살을 두 손으로 붙잡고 헐떡이며 물었다.

계속된 질문에 철옥수는 힐끗 패가수를 쳐다보고 나서 다시 정면을 주시하며 대답했다.

"살아 있소."

패가수는 내심 안도의 한숨을 토해냈다.

"식사를 하던가?"

그러나 철옥수는 거기까지가 한계라는 듯 다시 걸음을 옮겨 복도 바닥을 울리면서 멀어져 갔다.

그렇더라도 패가수는 옆 뇌옥에 태문주가 있으며 아직 살아 있다는 사실을 알게 되어 한시름을 놓았다.

철옥수가 철뇌옥을 완전히 나가고 나서도 잠시가 지나서

야 패가수는 쇠창살을 통해서 옆 뇌옥 쪽을 보려고 기를 쓰면서 조심스럽게 불러보았다.

"태문주."

살아 있다고 했으니 이젠 대답을 할지도 모른다는 생각이 들었는데 여전히 아무런 기척이 없다.

"태문주, 나 패가수외다."

조금 목소리를 높여서 한 번 더 불러보았지만 대답이 없기는 마찬가지다.

'어쩌면 대답할 수 없을 정도로 중상일지도 모른다. 좀 더 기다려 보자.'

결국 그렇게 생각한 패가수는 나중에 다시 불러보기로 하고 제자리로 돌아가려고 했다.

쿵!

"윽!"

그러나 그는 방향을 전환하다가 균형을 잃고 그 자리에 쓰러졌다.

온몸이 조각조각 분해되는 듯한 극심한 고통에 몸을 부들부들 떨다가 혼절의 늪으로 빠져들어 갔다.

얼마 전에 남궁산의 명령으로 패가수를 살피러 왔던 울황 고수는 혼절해 있는 그를 진맥해 보고는 설사 대라신선이 치료를 한다고 해도 소생할 수 없다는 결론을 내렸었다.

그 정도로 극심한 중상을 입었던 것이다. 만약 그가 무공이 폐지되지 않았으면 남궁산이 집어 던졌다고 해도 머리털 하나 다치지 않았을 것이다.

설혹 다쳤다고 해도 스스로 운공조식과 치료를 해서 지금쯤은 거의 다 나았을 것이다.

조금 전에 그는 정신이 들자마자 극심한 고통 속에서도 태문주를 더 걱정하느라 자신의 안위를 돌보지 않았다. 그것이 그의 상처를 더 덧나게 만들었다.

패가수는 정신을 잃지 않으려고 기를 쓰며 버둥거렸다.

"아… 안 돼…….'

그러나 고통을 이겨내기에는 그의 상처가 너무 심했고, 체력이 너무 허약했다.

기개세는 뇌옥 한복판에 반듯한 자세로 누워 있다.

처음에는 철옥수가 철문 근처 뇌옥 바닥에 내팽개친 자세로 있었는데 지금은 다른 장소에, 다른 자세로 누워 있는 모습이다.

하지만 그가 일부러 자리를 옮긴 것이 아니라 자연히 그렇게 된 것이다.

그는 철뇌옥에 들어온 지 오늘까지 보름째 스스로 움직이지 않고 있는 중이다.

그의 몸이 움직여진 것은 현재 그의 체내에서 일어나고 있는 어떤 현상 때문이다.

하지만 그것이 무슨 현상인지는 그 자신조차도 알지 못하는 사이에 벌어지고 있었다.

현재 그는 정신이 없는 상태다. 더 구체적으로 말한다면, 그의 정신은 현세(現世)에 없고 다른 세계로 가는 길목에 들어섰다고 할 수 있다.

그것은 일평생 단 한 번도 경험해 본 적이 없으며, 그가 그토록 이루려고 애썼던 새로운 차원으로 향하는 길이다.

그의 몸은 이곳에 있으되 사실은 없으며, 그의 정신은 육신 속에 들어 있으되 사실은 이곳에 없다.

그가 천신여의지경의 극성에 이르기 위해서 행했던 여러 가지 방법들은 사실 잘못된 것들이었다.

천신여의지경의 극성으로 이르는 진정한 방법은 그가 찾아낼 수 있는 것이 아니었다.

천검신문의 전대 태문주들 중에서 아무도 천신여의지경의 극성을 이룬 사람이 없기 때문에 그 방법은 천문에 전해지지 않았다.

정확한 해답은 천신여의지경의 극성으로 갈 수 있는 그 방법이 기개세를 찾아오도록 하는 것이었다.

다만 그가 할 일은 방법이 찾아올 수 있도록 바탕을 만들어

놓는 일이었다.

그 바탕이란 다름 아닌 완전한 무(無)의 경지다.

무욕(無慾), 무상(無想), 무통(無痛), 무아(無我) 이렇게 네 개의 무, 즉 사무지경(四無之境)에 드는 것이 완전한 무의 경지인데, 세상에는 알려지지 않은 묘리(妙理)다.

기개세는 체내에서 천신기혼이 바닥나고, 두 눈이 뽑히고, 혓바닥이 잘리고, 남근과 사지가 잘렸다.

그 상태에서 자금성 성루에 효시되어 피를 흘리며 가사 상태에 빠졌었다.

그러나 그것은 단지 '가사 상태'였을 뿐 사무지경에 든 것은 아니었다.

그러려면 정신이 남아 있어야만 한다. 무욕과 무상, 무통, 무아하고는 별개의 깨끗하고 순결한 정신이 필요했다.

바로 그때 아미와 독고비가 자신들의 천신기혼을 그에게 주입시켜 주었다. 그래서 그는 정신을 차릴 수가 있었다.

그리고 그는 이곳 철뇌옥에 감금되었으며, 한 가닥 남은 순결한 정신이 지난 보름 동안 수많은 기억들과 고통과 욕심과 상념들, 그리고 끝내는 자신마저도 망각하게 만들어 사무지경의 바탕을 이룩한 것이다.

현재의 그는 시체나 다름이 없는 모습이지만, 실상 그 속에서 개세적인 천지조화가 벌어지고 있는 중이었다.

바야흐로 천신(天神)이 되기 위한 과정이 진행되고 있는 것이다.
그러나 그 과정은 결단코 쉽지 않다. 그것은 육체가 이루는 것이 아니라 정신, 즉 영혼이 이루는 것이기 때문이다.

패가수는 기필코 살아야겠다고 다짐했다. 이대로 죽는다는 것은 너무 안타까웠다.
남궁산에게 복수를 하지 못해도 좋다. 하지만 사랑하는 다나를 저런 상태로 그냥 놔두고 죽는 것은 도저히 견딜 수가 없는 일이다.
그의 개인적인 소원이라면, 다나와 남은 평생 동안 백년해로하면서 살고 싶다는 것이다.
그렇지만 현실은 그것을 절대로 용납하지 않는다. 그러므로 그는 자신의 소원을 포기해서라도 다나가 행복해지기만을 진심으로 바라고 있다.
그러기 위해서는 우선 다나가 자금성에서 풀려나야만 하고, 이반의 곁에서 멀리 벗어나야 한다.
그렇게 아무도 모르는 먼 곳에서 좋은 남자를 만나서 새로운 인생을, 새로운 행복을 찾는 것이야말로 패가수가 진심으로 원하고 있는 것이다.
다나는 필경 자금성 어딘가에 감금되어 있을 것이다.

남궁산이 활개를 치면서 돌아다니는 것을 보면 이반은 죽었거나 자금성에 없는 것이 분명하다.

어쨌거나 이반이 없는 상황에서 다나의 운명은 남궁산의 손에 달려 있다고 할 수 있다.

아마도 그는 현재 다나의 존재를 잊고 있거나 그녀에 대해서 신경 쓸 겨를이 없을 것이다.

하지만 언젠가는 다나를 기억해 내고 그녀에게 손을 쓰는 날이 올 것이다. 남궁산이 그녀를 어떻게 하든 결코 좋은 일은 아닐 터이다.

아니, 남궁산처럼 비열한 놈이 다나에게 무슨 짓을 할지 상상하는 것 자체가 몸서리쳐지는 일이다.

그런 일이 벌어지기 전에 다나를 구해내야 한다. 다나를 도와줄 사람은 이 세상에 패가수 한 사람뿐이다.

그러므로 그는 짐승처럼 살든, 벌레처럼 살든 다나를 위해서 기필코 살아야 하는 것이다.

우걱우걱.

어깨와 등의 통증 때문에, 그리고 일어나 앉을 기력도 없는 그는 바닥에 엎드려 누운 자세로 밥그릇을 끌어안고 게걸스럽게 밥을 퍼먹었다.

밥이라고 해봐야 기장밥에 몇 가지 반찬을 아무렇게나 집어넣고 휘저은 잡탕밥 같은 것이다.

개밥처럼 모양은 없지만 그나마 양이 많아서 다 먹으면 하루가 든든하다.

 밥그릇 옆에는 대나무 물통이 하나 붙어 있다. 패가수는 볼이 미어지도록 밥을 쑤셔 넣고는 숨이 막혀서 컥컥거리다가 물을 벌컥벌컥 마시고서야 숨통이 트였다.

 "큭큭큭……."

 또다시 때가 꼬질꼬질한 손에 하나 가득 밥을 긁어모으다가 그는 오장육부가 뒤틀리는 듯한 웃음소리를 흘렸다.

 자신이 생각해도 지금 자신의 모습이 개돼지나 다름이 없는 것 같다는 생각이 들어서다.

 그래, 나는 개돼지다. 아니, 그보다 못한 미물이라고 해도 상관이 없다.

 운명이 원하는 대로 꿈틀거리면서 다 할 테니까, 제발 죽지 않게만 해다오.

 나는 살아야 한다. 그래서 반드시 다나에게 가야 하고, 그녀를 행복하게 만들어줘야만 한다.

 정녕코 신이 있다면 나하고 타협을 하자. 내 소원 한 가지만 들어준다면, 그 이후에 당신이 요구하는 것이라면 무엇이든지 해주겠다.

 "큭큭큭… 신 따윈 없다……."

 그는 생애 가장 밑바닥에서 허우적거리며 신과 운명을 키

득키득 비웃었다.

밥이 맛있는지 어떤지는 모른다. 그저 입속에 쑤셔 넣는 것뿐이다.

목이 메고 숨통이 막히면 물을 마시면서 그렇게 꾸역꾸역 밥을, 아니, 희망이라고 착각하는 절망을 먹었다.

"우웩!"

그러나 어느 순간 그는 입안에 가득 물고 있던 밥을 요란한 소리와 함께 토해냈다.

"우웨에엑!"

입안에 들어 있던 밥뿐만이 아니다. 이미 뱃속으로 넘어간 밥까지 모조리 토했다.

"꾸애액!"

뱃속의 밥을 다 토했는데도 그는 계속 구역질을 해댔다.

그러더니 누런 핏덩이가, 아니, 피가 섞인 고름 덩이가 쏟아져 나왔다.

"끄으으……"

그는 입에서 누런 피고름을 줄줄 흘리면서 눈을 허옇게 까뒤집으며 온몸을 부들부들 떨어댔다.

온몸을, 그리고 오장육부를 무딘 칼로 잘게 썰어대는 고통이 바로 이런 것일 게다.

패가수는 자신이 죽어가고 있다는 것을 감지했다. 그리고 그 원인이 무엇인지도 깨달았다.

어째서 밥을 처먹을 생각만 하고 그 '죽음의 원인'을 방치했는지 자신의 무지함이 어리석기 짝이 없었다.

아니다. 설혹 진작 '죽음의 원인'을 알았다고 해도 이곳에서는 어쩔 도리가 없었다.

'죽음의 원인'은 그의 몸이 썩고 있기 때문이다. 태어나서 이날까지 평생을 싸움터에서 보낸 패가수는 부상을 당했을 때 그것을 제때에 치료하지 않으면 어떻게 된다는 사실을 잘 알고 있었다.

그런데도 이곳에서는 그런 너무도 당연한 사실을 까맣게 잊고 있었다.

그는 무공만 폐지된 것이 아니라 온전한 정신마저도 폐지되어 있었다.

뼈가 부러지면 부러진 뼈의 날카로운 단면(斷面)이 창보다도 더 날카롭게 변한다.

그것이 살을 찌르고 내장을 터뜨리고 또 혈맥을 끊어버린 상태에서 치료를 하지 않으면 썩기 시작하는 것이다.

세상의 어떤 물체든지 그대로 방치하면 썩는 것이 자연의 섭리다.

남궁산이 집어 던졌을 때 패가수는 어깨와 등뼈가 박살 나듯이 부러졌었다.

철벽에 부딪치고 또다시 바닥에 떨어졌을 때 내장이 터졌는지도 모른다. 그것을 그대로 방치한 대가를 지금 혹독하게 치르고 있는 중이다.
 필경 이 고통의 끝에는 죽음이 기다리고 있을 터이다. 그런데도 패가수는 자신을 향해서 한 발 한 발 다가오는 죽음을 막기 위해 할 수 있는 일이 아무것도 없었다. 그것이 또한 원통했다.
 "끄으으… 다나……."
 그의 입에서 그리운 여인의 이름이 피고름과 함께 부글부글 흘러나왔다.
 그리고 그의 마지막 말은 의미를 알 수 없는 것이었다.
 "더… 러운……."

 '저것이 나로군.'
 기개세는 물끄러미 아래를 굽어보았다.
 그의 시선 끝에는 목불인견의 끔찍한 모습을 한 사내 하나가 차가운 돌바닥에 반듯한 자세로 누워 있었다.
 그 사내의 이름을 바깥세상에서는 '천검신문 태문주' 혹은 '기개세'라고 불렀었다.
 지금 기개세는 또 다른 기개세를 보고 있다.
 허공에 떠 있는 것은 모습을 갖추지 않은, 그래서 어느 누구의 눈에도 보이지 않는 영(靈)의 기개세이다.

그리고 바닥에 누워 있는 목불인견은 모습을 갖춘 육(肉)의 기개세이다.

'저게 내 모습이로군.'

그는 자신의 모습을 굽어보면서도 비참하다는 생각을 하지 않았다.

천신여의지경을 터득하는 과정에 접어들기 전의 그가 지금 모습을 보았다면 분명히 눈살을 찌푸리면서 착잡한 심정을 금치 못했을 것이다.

지금 그는 현실의 모든 사물과 현상으로부터 초극(超克)하는 과정에 들어서 있다.

아직 초극지경을 완성하지 못했기 때문에 자신의 참혹한 몰골을 보고서 조금 마음이 움직이기는 했다.

하지만 그것은 길가에 피어 있는 꽃 한 송이를 보고 '아, 꽃이 피었구나'라고 느끼는 것이나 별반 다름이 없는 단순한 반응이다.

아마도 그가 초극 단계를 완성하고 나면 그마저도 사라지고 말 것이다.

조물주로부터 창조를 받은 피조물의 입장에서, 창조를 하는 창조자의 신분이 될 것이기 때문이다.

그는 자신이 현재 천신여의지경의 극성을 향한 과정을 밟고 있다는 사실을 인지하고 있었다.

하지만 잘 진행되고 있는지, 얼마나 오래 걸릴는지 등 자세한 것들에 대해서는 모르고 있다.

그리고 자신이 천신여의지경을 완성하고 나면 어떤 변화가 생길지에 대해서도 모른다.

그저 생애 최초, 아니, 현세에 최초로 이루어지는 일이기 때문에 그 과정에 몸과 정신을 맡기고 있는 것이다.

그러는 동안에는 아무런 잡념도 생기지 않는다. 단지 그 과정 속에 깊숙이 몰두하고 있을 뿐이다.

그는 옆방에서 패가수가 몸부림치면서 죽어가고 있다는 사실도 알고 있다.

그러나 지금은 매우 중요한 순간이라서 이 과정을 중단할 수가 없다.

아니, 패가수를 돕고 싶은 마음이 들어도 어떻게 도와야 할지 방법을 모른다.

이 과정을 그만둔다고 해도 그는 단지 엄청난 장애를 지니고 있는 불구의 몸으로 뇌옥에 갇혀 있지 않은가. 그런 몸으로 어떻게 패가수를 구한단 말인가.

기개세는, 아니, 기개세의 영은 어떨 때는 육신 속으로 들어가 있고, 또 어떨 때에는 육신 밖으로 나와 허공에 뜬 채 차근차근 '과정'을 진행하고 있었다.

철컹!

철옥수가 철문을 열고 패가수의 뇌옥으로 밥그릇을 들고 들어섰다.

"웃!"

그러다가 그는 손으로 코를 움켜잡고 저만치에 엎어져 있는 패가수를 쳐다보았다.

코를 움켜잡아도 욕지기가 솟구칠 정도의 극심한 악취는 패가수에게서 비롯되고 있었다.

철옥수는 얼른 밥그릇을 내려놓고 돌아섰다가 뚝 걸음을 멈추고 다시 패가수를 쳐다보았다.

그는 잠시 머뭇거리는 것 같더니 이윽고 조심스럽게 패가수에게 다가가 한쪽 무릎을 꿇고 그를 살펴보았다.

"우웃……!"

그는 더욱 극심한 악취 때문에 코를 틀어막고 외면을 하며 신음을 터뜨렸다.

패가수는 혼절을 한 상태다. 아니, 숨결도 극히 미약하고 안색이 검푸른 것이 이미 죽음의 늪에 한 발을 깊이 들여놓은 것이 분명한 모습이다.

철옥수는 다시 망설였다. 귀찮은 일을 자초해서 잘못하면 문책을 당할지도 모른다는 염려가 앞섰다.

그렇지만 얼마 전까지 대황군이었으며 모든 수하들에게 각별한 애정을 보여주어 존경을 한 몸에 받았던 패가수를 돌봐야 한다는 인간적인 정리(情理)가 철옥수의 마음을 흔들었다.

결국 그는 다 죽어가는 과거의 훌륭한 상전을 잠시 돌봐주기로 마음먹었다.

철옥수는 엎어진 자세인 패가수의 어깨와 등이 누런 액체로 젖어 있는 것을 발견했고, 바로 그곳이 악취의 진원지라고 판단했다.

찌익.

상의 어깨와 등 부위를 찢자 고름이 튀고 썩어 문드러진 살이 후드득 떨어져 나왔다.

그리고 어깨와 등이 움푹 패인 커다란 상처에 하얀 벌레들이 바글거리고 있었다.

구더기였다. 죽은 시체에 들끓는 구더기 떼가 패가수의 상처에서 피고름과 살점을 뜯어 먹고 있는 것이다.

철옥수는 오만상을 찌푸리며 급히 손을 떼고 물러났다가 잠시 상처 부위를 쏘아보았다. 그러더니 벌떡 일어나서 뇌옥을 나가더니 철문을 닫아버렸다.

다시 혼자가 된 패가수는 꿈틀거림도 없이 엎어진 자세로 죽음을 향해 조금씩 깊이 빠져들고 있었다.

철컹!

그런데 잠시 후에 아까 그 철옥수가 패가수의 뇌옥에 다시 들어왔다.

이번에는 그의 손에 무엇인가 들려 있다. 한 가지 약재와 붕대를 대용할 천, 그리고 젓가락과 그릇이다.

그는 패가수 옆에 웅크리고 앉아서 우선 젓가락으로 구더기들을 하나씩 집어 그릇에 담기 시작했다.

얼마나 구더기들이 많은지 한참 동안 집어냈고 그릇에 절반이나 그득했다.

구더기들을 다 잡아낸 상처 부위는 움푹 깊숙이 꺼졌다.

철옥수는 젓가락으로 썩은 살점들을 긁은 다음에 헝겊으로 그것들을 닦아냈다.

패가수의 왼쪽 어깨에서 등까지 길쭉하고도 깊이 패인 상처가 드러났다.

어떤 부위는 뼈까지 썩어 들어가고 있었다. 원래 상처가 썩어서 뼈에 전이가 되면 용한 의원도 고개를 내저으며 손을 쓰지 못하는 법이다.

철옥수는 얼굴을 찌푸리고 비지땀을 흘리면서도 갖고 온 약을 상처 부위에 꼼꼼하게 발랐다.

그는 원래 울군사였다가 반년 전에 옥졸(獄卒)로 발령받아서 근무하게 되었다.

신(神)은 없다 303

뇌옥의 옥졸 자리는 여러 가지 이유 때문에 누구나 기피하는 부서다.

그런데 그는 운 나쁘게도 옥졸들 사이에서조차 결사적으로 가기 싫어하는 철뇌옥의 옥졸이 된 것이다.

다른 옥졸들은 그나마 바깥 공기라도 마시고, 일과가 끝나면 자금성 밖에 나가서 술이라도 한잔 걸칠 수가 있는 작은 여유라도 있다.

하지만 철뇌옥의 옥졸, 즉 철옥수는 자금성 수십 장 지하에서만 생활을 해야 한다.

일 년 임기가 지날 때까지 일체 밖에는 나갈 수가 없다. 그야말로 감옥 생활인 것이다.

이곳 철뇌옥에서는 하등의 바쁠 게 없다. 철옥수는 오랫동안 상처를 붙잡고 있다 보니 처음에 토악질을 했던 악취도, 더럽다는 느낌도 많이 잊게 되었다.

그가 패가수에게 발라준 약재는 대단한 특효약이 아니라 그저 염증과 붓기를 가라앉히는 흔한 약재다.

철뇌옥에 좋은 약재 같은 것이 있을 리가 없다. 이나마도 철옥수가 거처 안을 구석구석 뒤져서 겨우 찾아낸 것이다.

철옥수는 패가수의 상처에 약을 정성껏 바르고 천을 둘둘 감아준 다음에야 땀을 닦으며 뇌옥을 나갔다.

철옥수의 치료가 효과를 본 것일까.

그로부터 꼬박 하루가 지난 정오 무렵에 패가수는 오랜 혼절에서 깨어났다.

그는 눈을 껌뻑거리면서 생각하다가 자신이 왜 혼절을 했는지를 기억해 냈다.

그런데 이상했다. 그가 토한 토사물이 보이지 않았다. 힘겹게 몸을 일으켜 봤더니 어깨와 등이 부서질 것 같지만 조금씩은 움직일 수 있었다.

일어나 앉아서 주변을 둘러봐도 토사물은 어디에도 보이지 않고 깨끗했다.

그래서 그는 반사적으로 철옥수를 생각해 냈다. 그가 밥을 주러 뇌옥에 들어왔다가 토사물을 치웠을 것이라고 짐작했다.

'혹시……'

번뜩 어떤 생각이 들어서 팔을 들어 어깨를 만져 보았다. 그러자 어깨와 등이 천으로 잘 싸매진 것이 만져졌다.

상처가 치료된 것이 분명했다. 그럴 사람은 철옥수뿐이다.

패가수는 철옥수에게 고마움을 느꼈다. 그가 아니었으면 자신은 깨어나지 못한 채 그대로 죽었을 것이다.

그는 한동안 앉아 있다가 상처 부위가 너무 아프고 또 힘든 것이 느껴져서 다시 엎드렸다. 등과 어깨를 바닥에 댈 수 없기 때문에 엎드린 것이다.

'치료를 했다고 해도 제대로 하진 못했을 것이다.'

가만히 엎드려 있던 그는 그런 생각을 했다. 하지만 철옥수로서는 최선을 다했을 것이다.

철뇌옥에 제대로 된 약재와 치료 도구가 없다는 사실이 불운이라면 불운일 터이다.

'나는 낫지 못할 것이다.'

그런 생각이 들었다. 상처 부위가 썩어가고 있는데 마땅한 치료를 하지 못하고 있으므로 그 결과는 죽음뿐이다.

그런데도 두렵다거나 몹시 안타깝다는 생각이 들지 않았다.

얼마 전에 그는 죽는 것이 억울하다고, 반드시 살아야 한다고 아등바등했었다.

그런데 얼마나 지났다고 지금은 자신의 죽음에 대해서 많이 초연해져 있었다.

사람이란 상황에 따라서 변하게 마련이다. 기운이 펄펄 나고 건강할 때에는 기가 살아서 죽는다는 것이 가당치도 않은 일처럼 여겨진다.

하지만 몸이 쇠약해지면 쇠약해질수록 정신도 따라서 나약해지게 마련이다. 즉, 정신이 현실을 인정하게 되는 것이다.

철컹!

패가수는 철문 소리에 번쩍 잠에서 깨어났다. 엎드려 있다가 깜빡 잠이 들었던 모양이다.

그는 반사적으로 철옥수를 만나야겠다는 생각을 하고 급히 몸을 일으켰다.

돌아보자 철문이 닫혀 있었고, 철옥수가 옆 뇌옥으로 걸어가는 발자국 소리가 들렸다.

어느새 철옥수는 이곳을 다녀간 다음에 옆 뇌옥으로 가고 있는 중이었다.

패가수는 철옥수가 옆 뇌옥을 나오면 불러야겠다는 생각으로 철문을 향해 조금씩 기어갔다.

쿵!

그런데 잠시 후에 옆 뇌옥 쪽에서 뭔가 둔탁한 것이 복도에 나뒹구는 소리가 들렸다.

"……."

순간 패가수는 덜컥 심장이 내려앉는 듯이 놀랐다. 그 둔탁한 물체가 태문주일 것이라고 반사적으로 생각한 것이다.

태문주가 철문 밖 복도에 나뒹굴었다는 것은 그가 죽었다는 것을 의미한다.

'안 돼…….'

저벅저벅… 질질질…….

잠시 후에 철옥수가 무거운 물체를 끌고 가는 소리가 들리기 시작했다.

태문주를 처음 이곳 철뇌옥으로 끌고 들어왔을 때에도 저런 소리가 났었다.

"여, 여보게!"

패가수는 어디에서 그런 힘이 났는지 철문을 향해 결사적으로 기어가면서 외쳤다.

그러자 철옥수의 발자국 소리와 물체를 끌고 가는 소리가 뚝 끊어졌다.

그러더니 잠시 후에 철문 쇠창살에 철옥수의 얼굴이 불쑥 나타났다.

패가수는 초조한 표정으로 숨을 헐떡이면서 철옥수를 보며 물었다.

"그… 가 죽었나?"

"그렇소."

철옥수는 무표정하게 대답했다.

그렇지 않아도 해쓱한 패가수의 안색이 아예 백지장처럼 질려 버렸다.

철옥수의 얼굴에 설핏 의아하다는 듯한 표정이 떠올랐다가 곧 사라졌다.

"분… 명히… 죽었나?"

"숨도 쉬지 않고 심장이 뛰지 않소. 분명히 죽었소."

"아아……."

꼿꼿하게 세웠던 패가수 상체가 무너져 내리며 태산을 허물 듯한 탄식이 흘러나왔다.

어마어마한 절망이, 하늘이 무너지고 땅이 꺼지는 것보다 백 배나 더한 슬픔이 패가수를 엄습하여 뒤흔들었다.

왜 이토록 절망하고 슬픈 것인지 그조차도 모른다.

그저 슬프다. 심장이 조각조각 떨어져 나가는 것처럼 처절하게 슬퍼서 그 자신도 이대로 죽고만 싶다는 생각을 떨치기 어려웠다.

부친 율가륵이 죽었을 때에도 이렇게 슬프지 않았었다.

다나를 다시는 만날 수 없다는 사실을 깨달았을 때에도 이처럼 절망적이지는 않았다.

"그를 보게 해다오."

패가수는 벌겋게 충혈된 눈을 들어 철옥수를 쳐다보며 말했다. 부탁이 아니라 명령에 가까웠다.

패가수는 두 손으로 바닥을 짚고 고개를 깊이 숙여 이마를 바닥에 대며 정중히 부탁했다.

"그를 내 앞에 데려다 다오. 내 눈으로 확인하겠다. 부디 그래 준다면 내 생애의 큰 은혜로 여기겠다……."

이미 패가수와 어떤 모종의 연대감을 갖게 된 철옥수는 잠시 그를 응시하다가 철문을 열고 태문주를 안고 들어와 패가수 앞에 조심스럽게 내려놓았다.

그리고는 철문을 닫고 철옥수는 뇌옥을 등진 채 밖에서 묵묵히 기다렸다.

패가수는 자신의 앞에 눕혀져 있는 태문주, 아니, 하나의 고깃덩이를 물끄러미 바라보았다.

그러다가 그의 가슴에 귀를 대보았다.

심장 뛰는 소리가 들리지 않았다.

코밑에 손가락을 대보았다.

숨을 쉬는 것이 느껴지지 않았다.

그에게 무공이 있다면 다른 방법으로 태문주의 생사를 확인할 수도 있으련만, 지금은 이게 전부다.

태문주는 죽었다.

고깃덩이를 굽어보는 패가수의 뺨이 씰룩거렸다. 그리고 입술 끝이 비틀어졌고, 가슴이 심하게 들썩거렸다.

그러더니 한순간 그는 태문주 몸 위에 엎드려 그를 부둥켜안고 미친 듯한 통곡을 터뜨렸다.

"으허어엉!"

철문을 등지고 서 있던 철옥수는 느닷없이 뇌옥 안에서 터져 나온 패가수의 울음소리에 깜짝 놀랐다.

그는 돌아서서 쇠창살 사이로 패가수를 들여다보며 복잡한 표정을 지었다.
　"끄허어어헝!"
　패가수는 태문주를 끌어안고 몸부림치면서 마치 울다가 죽을 것처럼 결사적으로 오열했다.

　　　　　　　　　　　　　『대사부』 제15권에 계속…

저작권 보호!!
장르문학의 성장에 힘이 되어주십시오.

저작물의 무단 전재와 복제, 불법 다운로드!
이것은 관심이 아니라 무관심입니다!

작가님들은 창의적 열정과 시간을 투자해 자신의 꿈과 생계를 유지합니다.
한 권의 책을 만들어 많은 사람들은 자신의 인생과 미래를 설계합니다.

저작물 속에는 여러 사람의 노력과 희망이 담겨 있습니다!

저작물의 무단 전재와 복제, 불법 다운로드는 여러 사람들의 꿈과 생계를
위협함으로써 장르문학을 심각한 상황에 빠뜨리고 있습니다.

이제는 무관심이 아니라 관심으로 장르문학의
성장에 힘이 되어주세요.

[도서출판 **청어람**은 항시적인 저작권 보호를 통해 장르문학과
여러분의 희망을 지키겠습니다.]

저작물의 무단 전재와 복제, 불법 다운로드는 법률에 의해 처벌받을 수 있습니다.
저작권법 제97조의5 (권리의 침해죄)
저작재산권 그 밖의 이 법에 의하여 보호되는 재산적 권리(제73조의 4의 규정에 의한 권리를
제외한다)를 복제·공연·방송·전시·전송·배포·2차적 저작물 작성의 방법으로 침해한
자는 5년 이하의 징역 또는 5천만 원 이하의 벌금에 처하거나 이를 병과(동시에 두 가지 이상의
형벌을 지우는 일)할 수 있다.

도서출판 **청어람**